ro
ro
ro

Christa Anita Brück
Ein Mädchen mit Prokura

ROMAN

Herausgegeben
von Magda Birkmann
und Nicole Seifert

ROWOHLT TASCHENBUCH VERLAG

Die Originalausgabe dieses Romans erschien 1932
im SIEBEN-STÄBE-VERLAG BERLIN.

Der vorliegende Text folgt der Erstauflage von 1932.
Offensichtliche Fehler wurden stillschweigend korrigiert
und der Text in die neue Rechtschreibung übertragen.

Neuausgabe
Veröffentlicht im Rowohlt Taschenbuch Verlag,
Hamburg, Oktober 2023
Copyright © 2023 by Rowohlt Verlag GmbH, Hamburg
Auch mit gründlicher, weltweiter Recherche ist es dem
Verlag nicht gelungen, einen Rechtsnachfolger der Autorin
ausfindig zu machen. Weiterführende Hinweise nimmt
der Verlag gerne entgegen.
Covergestaltung FAVORITBUERO, München
Coverabbildung Inge Lazansky, Porträt 1929,
Fotograf: Rolf Mahrenholz/ullstein bild
Buchgestaltung Anja Sicka, Hamburg
Satz aus der Elektra
bei Pinkuin Satz und Datentechnik, Berlin
Druck und Bindung CPI books GmbH, Leck
ISBN 978-3-499-01296-9

Spelzig, der aufgeregt und spindelbeinig neben seinem Anwalt hertippelt, findet kein Ende mit Instruktionen.

Holsten hört nur mit halbem Ohr auf das Geschwätz. Er hat einen heißen Tag vor sich: um zehn Moabit, elf Uhr dreißig Landgericht III, zwölf Uhr Charlottenburg.

Morgen beginnt die Hauptverhandlung im Sensationsprozess Ina von Stuck. Ein Unfug, dass er überhaupt mitzockelt mit diesem alten Trottel, denn das ganze Schwelverfahren ist natürlich eine verrückte Idee.

«Also verstehen Sie», hüstelt Spelzig und ist asthmatisch vom schnellen Gehen und vom vielen Reden, «die Frau müssen wir gewinnen. Die Iken müssen wir gewinnen. Haben wir die Iken, so haben wir auch Brüggemann. Brüggemann allein beißt nicht an.»

«Da nehmen wir doch richtiger eine Tafel Schokolade mit statt der Sachverständigengutachten», sagt Holsten bissig. «Wieso ist denn dieser Brüggemann so ein Weiberknecht? Ich denke, er ist ein tüchtiger Bankier?»

«Ist er auch, ist er auch. Aber kein Schwung dahinter, überhaupt kein Schwung dahinter. Wissen Sie, ein

Mensch mit einem inwendigen Knacks! Besinnen Sie sich noch auf die Geschichte mit seiner Frau?»

«Keine Ahnung.»

«Natürlich nicht ... ist ja auch ... warten Sie mal ... der Junge wird annähernd zwanzig sein ... der war gerade geboren. Brüggemann war leidenschaftlicher Jäger damals, hatte eine Jagd irgendwo bei Brandenburg. Damit die junge Frau sich erholt, gehen sie auf ein paar Wochen in das Jagdhaus. Wie das nun eigentlich gekommen ist und wobei das überhaupt passierte, darauf besinne ich mich nicht mehr. Jedenfalls hat Brüggemann irgendein Malheur mit dem Gewehr und trifft die junge Frau.»

«Tot?»

«Drei Tage hat sie noch gelebt. Sie haben sie auch noch operiert. War aber nichts mehr zu machen.»

«Und was hat das mit der Iken zu tun?»

«Gar nichts natürlich ... ganz und gar nichts ... Die Iken hat es damals überhaupt noch nicht gegeben ... das heißt, geboren wird sie schon gewesen sein, da sie immerhin Ende zwanzig sein kann, aber sie kam viel später an die Bank. Ich glaube, sie hat Brüggemann wieder auf die Beine geholfen. Man hat ein bisschen gemunkelt die erste Zeit. Schließlich wird ja immer gemunkelt um eine so auffallend gut aussehende Frau. Sie werden sie ja nachher sehen. Ganz ungewöhnlich. Wirklich, Holsten, diese Frau ...»

Spelzig schnellt sich einen Kuss auf die Fingerspitzen. «Meine letzte Liebe ... meine letzte große Liebe ... ganz von fern, versteht sich ... einen Augenblick mal!»

Er macht halt vor den steinernen Stufen, die zu der Bank hinanführen.

«Habe ich auch meine Pläne? Sekunde, Sekunde!» Er klopft gegen seine sämtlichen Taschen. Es ist nichts weiter als ein Vorwand, unauffällig wieder zu Atem zu kommen.

Einen Portier hat das Bankhaus Brüggemann Sohn nicht. Die Schwingtür schlägt sausend hinter den beiden Herren zu. Spelzig reißt sich mächtig zusammen. Er tut fürchterlich aufgekratzt. Der Gamsbart auf seinem Hütchen steht keck in die Höhe. Inwendig ist ihm einfach bange, schauderhaft bange sogar. Die feierliche Verhaltenheit des Raumes ist daran schuld, die kühle Atmosphäre der Bank. Wenn Brüggemann ihm das Geld nicht gibt? Wenn es wieder mal Essig ist, auch mit diesem Projekt?

Er nimmt einen gewaltigen Stimmanlauf und kräht: «Morgen, meine Herren, Morgen, Morgen allerseits.»

Und von allen Seiten hagelt es Zurufe wie: «Guten Morgen, Herr Konsul», «Grüß Gott, Herr Konsul!», «Ergebenster Diener, Herr Konsul». Auch eine Frauenstimme ist dazwischen mit einem Kichern und unterdrückten Prusten hinterdrein.

Holsten klemmt sein Einglas ins Auge.

Sollte das etwa ...?! Ach du lieber Gott! Solche Mädchen sitzen zu Dutzenden in den Berliner Büros, bisschen zurechtgemacht, bisschen auf Blond gefärbt, nette Beine, soviel er sehen kann, und weiter nichts.

«Ist sie nicht! ... Ist sie nicht! ...», beschwichtigt Spelzig und winkt nach allen Seiten wie ein Fürst, der unter seine Landeskinder tritt.

Auf allen Gesichtern wird gegrinst und eine Portion Ehrerbietung zu viel verschwendet. Spelzig nimmt das für Ernst. Er fühlt sich geschmeichelt, gehoben.

Sein lederner Hosenboden sieht spaßig unter der kurzen Joppe vor. Er liebt es, in einer schneidigen Mischung von Jagd- und Reiterdress in Berlin einherzustolzieren: eine pietätvolle Erinnerung an eine glorreiche Zeit, in der die Spelzigs ein Rittergut in Pommern besessen haben wollen.

«Der Chef zu sprechen? Wo ist der Chef?»

Im Hintergrund des Kassenschalters setzt sich etwas in Bewegung. Butterbrotpapier knistert. Eine Thermosflasche wird irgendwo unterwärts verstaut. Ein Gesicht, das dahinten geschienen hat, rund und gelb wie eine Mondscheibe, kommt langsam näher. Man kaut angestrengt und missvergnügt, hat den Mund gehörig voll und murrt: «Ist noch nicht da. Kommt aber bald.»

Es klingt nicht freundlich, ist auch keineswegs freundlich gemeint. Stohp, der Kassierer, kennt diesen Spelzig. Auf Stohps Gesicht wird nicht gegrinst und verhohnepipelt. Es nimmt keine Notiz von der Lederhose und ihren wunderlichen Grimassen. Es ist ganz und gar verrottet in Argwohn und böser Verdrossenheit.

«Wir sind bestellt», sagt Spelzig. «Halb zehn. Um halb zehn sollten wir antreten. Bitte», er zieht seine Uhr und lässt sie flach auf der Hand liegen. «Punkt halb zehn.»

Stohp macht eine Miene, die sich ganz gewiss nicht gehört für einen Angestellten der Kundschaft gegenüber. In ihm brennt der stumpfe Wunsch, diesen Spelzig zu verscheuchen.

Dessen Name ist schon einmal in einer Pleiteaffäre unrühmlich genannt. Das ist so einer, der Banken zu Sturz bringt mit seinen wilden Projekten, seinen kostspieligen Fantastereien.

«Sehen Sie», kräht Spelzig, dem bange ist um seine Beredsamkeit und der sie gleich hier, gleich an diesem schwierigen Objekt erproben will, «dieses Schwelverfahren, dessentwegen ich mit Herrn Brüggemann sprechen muss, wird die ganze Weltwirtschaft auf den Kopf stellen. Die Nebenprodukte der Kohle kosten dann nur noch die Hälfte. Die Hälfte, Mann! Was rede ich? Fünfunddreißig bis vierzig Prozent. Überlegen Sie sich mal, was das heißt auf gut Deutsch! Das gibt einen Umsturz, einen Tumult, einen Eklat an allen Börsen der Welt.»

Er breitet steifes Papier vor sich aus, auf dem Unverständliches gezeichnet steht. «Hier!» Er fördert Akten aus seiner schäbigen Mappe zutage. «Hier ... Professor

Devall. Werden Sie kennen, den Namen, der Erste in unserm Fach, eine Kapazität, auf den die ganze Welt hört. Und hier, hier ... Gutachten von Dr. Prinn. Das ist der Öl-Prinn, wissen Sie? Der Mann von der Standard Oil Company.»

Stohp blinzelt mit den gelben Augen. Er trieft vor Argwohn. Ihm läuft eine Welle der Übelkeit über die kranke Leber. «Umsturz, Eklat, Tumult an der Börse.» Das fehlte noch gerade. Das brauchten wir obendrein.

Er räuspert sich umständlich, einmal, zweimal.

«Und warum, wenn die Sache so sicher ist, geben die Engländer nicht auch das Geld?»

«Das Geld? Sind Sie ein Deutscher, Mann? Das Geld auch noch? Schlimm genug, dass es Engländer sind, die mir ein Werk zur Verfügung stellen, in dem ich meinen Brikomoss-Ofen ausprobieren kann. Aber die Finanzierung? Nee, mein Lieber, das ist Ehrensäbel für Deutschland, verstehen Sie, Ehrensäbel! Und ich bezweifle keine Sekunde, dass ein Bankier von der Elastizität Ihres Herrn Brüggemann ...»

Autsch! Das Wort Elastizität wirkt wie der Bohrer des Zahnarztes, wenn er auf den Nerv kommt.

Holsten unterdessen sieht sich mit Kennermiene das Personal an. Spaßige Leute, die sich dieser Herr Brüggemann da zusammengesucht hat. Er muss selbst schon sehr viel können, wenn er seinen Laden in Schwung halten will, zusammen mit diesem Wunderwesen von Sekretärin oder Prokuristin, das sich ja nun eigentlich mal sehen lassen könnte.

Er sieht belustigt dem weizenblonden jungen Burschen unter der Glasplakette «Buchhaltung» zu, der dabei ist, mit einem riesengroßen Taschenmesser seinen Bleistift zu spitzen, andächtig und voller Hingabe. Die Holzspäne fliegen ihm nur so um die Ohren. Der Bleistift wird kürzer und kürzer. Scheint etwas los zu sein mit dem Bleistift. Der Junge, mit todernstem, liebevoll versunkenem Antlitz spitzt und spitzt. Gott sei Dank, dass der Bleistift in fünf Minuten unweigerlich zu Ende ist.

Well, das ist ein braver und gründlicher Bursche. Möglich, dass solche braven und gründlichen Burschen das Bankgeschäft schmeißen. Den Tresorschlüssel jedenfalls kann man ihm ohne Bedenken um den Hals hängen.

Vorsichtiger in dieser Hinsicht müsste man schon mit dem Don Rodrigo dort hinten am Devisenschalter sein. Donnerwetter! Eine beachtliche Type. Hat der Kerl einen Blick! Ich für mein Teil würde mir vorsorglicherweise ein paar Fingerabdrücke von ihm sichern.

Veidt, der bleich und finster den gestrigen Abschluss überrechnet, fühlt den fremden Blick und sieht auf. Die Blicke der beiden Männer kreuzen sich.

In diesem Augenblick geht hinter Veidt die Tür auf, und Thea Iken tritt heraus. Sie ist geradewegs in Holstens geschärften Blick, seinen unverhohlenen Argwohn geraten.

Und sonderbar: Sooft Holsten sich später dieses

Moments erinnert, immer erfüllt die Erinnerung ihn mit Missbehagen, immer wieder kommen ihm Zweifel an Theas Lauterkeit.

Es hat da blitzschnell eine Verschiebung stattgefunden in der Sekunde, da ihr markantes, bleiches, leidenschaftliches Gesicht Veidts Gesicht verblassen ließ. Für den Bruchteil einer Sekunde steht eine eisige, nahezu grausame Drohung in der saugenden Schwärze ihrer groß geschnittenen herrlichen Augen.

Um keinen Deut aus ihrer selbstbewussten Sicherheit verwiesen, kommt sie auf die Herren zu.

Sie hat einen guten Gang. Ihr enger Rock spannt sich, zeigt die Linie der hohen Beine, die Kuppe der schmalen Knie. Ihr glattes blauschwarzes Haar liegt in strengem Herrenschnitt um den wohlgeformten Kopf. Ihre Haut ist weiß, von durchscheinender Klarheit.

«Gerade bin ich dabei, Ihren Brikomoss-Ofen zu sezieren», sagt sie lächelnd und zeigt leicht nach innen gebogene weiße Zähne.

Spelzig, der sie nicht hat kommen sehen, verschlägt das Wort mitten in seiner bombastischen Rede. Er tritt drei Schritte zurück. Er macht tolle chevalereske Verbeugungen, zu denen man sich einen mittelalterlichen Federhut denken könnte und ein Sammetwams.

«Herr Brüggemann ist leider dienstlich verhindert. Er wird etwas später kommen. Ich muss die Herren bitten, mit meiner Beratung vorliebzunehmen.»

Sie schreitet voran ins Direktionszimmer. Holsten, ihr unmittelbar auf den Fersen, sieht auf ihren Hals, der schlank, sehr zart, von durchsichtiger Blässe aus dem Kleiderausschnitt aufwächst.

«Bin ich hysterisch», denkt er ärgerlich. «Die ewigen Weiberprozesse machen einen verdreht. Hier hat kein Mensch etwas ausgefressen. Alles all right bis auf die Tatsache, dass der Vorvertrag, den Spelzig schließen will, im Leben nicht zustande kommt.»

Als sie den Devisenschalter passieren, spürt Holsten Veidts Blick im Rücken.

Thea setzt sich mit dem Rücken gegen das Fenster und platziert die beiden Herren sich gegenüber ins volle Licht des Tages.

«Heller Junge», fühlt Holsten, der schon vergisst, dass er es mit einer Frau zu tun hat. Es spielt keine Rolle mehr, ob sie hübsch oder hässlich ist. Sie ist mordsgescheit, und Brüggemann wird gewusst haben, weshalb er ihr diese Verhandlung überließ.

Spelzig bemüht sich heroisch um den Schwung seiner Rede. Aber es dauert nicht lange, da bekommt seine Begeisterung etwas Verkrampftes. Zuletzt sitzt er rührend hilflos da und ist grau im Gesicht.

Thea Iken war aufgetaucht, als man nach Beendigung der Inflation aus dem alten Bankhaus in der Nettelbeckstraße nach dem Lützowplatz übergesiedelt war.

Stohp, der damals schon missvergnügt hinter dem

Kassenschalter amtierte – wozu ausziehen aus der Nettelbeckstraße? Wozu wieder neues Personal engagieren? Wozu? –, sah sie eintreten, und sie missfiel ihm gründlich.

Man hatte wegen einer Stenotypistin annonciert. Unter den Bewerbungen war eine aufgefallen durch ihre knappe, selbstbewusste Fassung.

Vielleicht war es auch nur der Zug der Handschrift gewesen, der Brüggemann angerufen hatte. Er war flüchtig beim Anblick der gesteilten, fast herrischen Buchstaben von der Empfindung gestreift, dass eine gereifte Frau dahinter stehen müsse.

Er war überrascht, ein sehr junges Mädchen, hochbeinig, etwas blass und mager, vor sich zu sehen, angetan mit einem verblichenen Sommermantel, obgleich draußen der erste Schnee fiel.

Es fand eine Prüfung statt, die ihn amüsierte, eine Prüfung auf Gegenseitigkeit.

Nein, eine Handelsschule habe sie nicht absolviert. Ob es ihm mehr auf technisches Können ankäme oder auf wirkliche Mitarbeit? Nein, sie habe nicht eigentlich die Absicht, sich dem Bankfach zu widmen. Sie wolle sich neben dem Dienst zur Matur vorbereiten und später studieren.

Einem Probediktat widersetzte sie sich mit aller Bestimmtheit. Wenn es ihm darauf ankäme, eine Schreibkraft zu engagieren, müsse sie notgedrungen zurücktreten. In Bezug auf Fleiß, Energie und die Fähigkeit, sich die Materie zu eigen zu machen, fühle sie sich indessen hors concours. Ja, diesen Ausdruck hatte sie gebraucht: «hors concours». Brüggemann hatte gelächelt und sie mit einem Monatsgehalt von sechzig Mark engagiert.

Es war ihre erste Stellung. Sie konnte notdürftig stenografieren. Sie stotterte auf der Schreibmaschine, dass einem himmelangst dabei werden konnte. Die andern Mädchen warfen sich verstohlene Blicke zu. Sie machten sich einen Spaß daraus, plötzlich im Schreiben innezuhalten. Dann zerhackte Theas unseliges Gestockele erbarmungslos die Stille.

Sie ließ sich indessen in ihrer heftigen Konzentration nicht beirren. Sie wusste, was sie diesen Mädchen sehr bald voraushaben würde. Von Brüggemann unwirsch zurechtgewiesen ob ihrer Stümperei, erklärte sie: «Dafür bin ich Anfängerin und beziehe das Gehalt einer Anfängerin.»

Es klang nicht dreist. Sie musste sich Raum schaffen für die schlimmsten ersten acht Tage.

Brüggemann erkannte sehr bald, dass die neue Stenotypistin zu denken verstand. Sie tat eine Menge gescheiter Fragen.

Erst wandte sie sich an Stohp, der der Älteste war. Warum man dies so und nicht anders mache? Worin der Vorteil von diesem und jenem bestände? Stohp ließ durchblicken, dass dies sie nicht zu kümmern habe. Es sei ihre Aufgabe einzig und allein, ihre Briefe sauber zu schreiben. Von ihrem forschenden großen Blick weiter bedrängt, gab er unwirsch zur Antwort, man mache das eben so und nicht anders seit fünfzehn Jahren. Da gäbe es kein Warum. Die andern fanden, die Neue täte sich dicke.

Thea wandte sich an Brüggemann. Der stand ihr Rede und Antwort. Er packte ihr fachmännische Bücher auf. Sie studierte, verglich. Sie hielt die Augen und Ohren offen.

Eines Tages überraschte sie ihren Chef mit der Frage, ob er die Sicherheiten der Firma Huß tatsächlich für ausreichend halte, um einen Kredit von hunderttausend Mark zu gewähren. Brüggemann wies ihre Einmischung nicht zurück. Er überprüfte die Unterlagen genauer und strich den Kredit auf die Hälfte zusammen.

Er wusste nun schon, in diesem Mädchen steckte eine ungewöhnliche Tüchtigkeit. Er war zu jener Zeit stark mit Arbeit überlastet. Sein Prokurist war zu einer Großbank übergewechselt. Die Abneigung gegen neue Gesichter in seiner Umgebung hatte ihn eine Neubesetzung des Postens immer wieder hinausschieben lassen. Auch Theas Fremdheit, die verschwiegene leidenschaftliche Zähigkeit, mit der sie sich ein Arbeitsgebiet eroberte, das ihr keineswegs zugedacht war, weckte sein Misstrauen, eine geheime, gefühlsmäßige Abwehr, der Thea stetig und zielbewusst entgegenwirkte. Aber sie verstand es, sich unentbehrlich zu machen, ohne aufdringlich zu werden. Hinzu kam, dass sie sich äußerlich sehr schnell entwickelte.

Das unansehnliche Baumwollkleid schwand, nachdem sie das erste Gehalt hingenommen hatte. Eines Tages erschien sie in kurz verschnittenem Haar: dunkel und schmal, ein Page von erlesener Rasse. Damals sah Brüggemann, der Mann, sie zum ersten Male. Er war zehn Jahre Witwer.

Eine unruhige Nacht hindurch, während welcher ihm Theas Herbheit nicht aus den Sinnen wich, überlegte er, wozu ihr Verbleiben in seiner Nähe führen könnte. Er fand sie undurchsichtig, vielleicht gefährlich und kam zu dem Schluss, sie bei der erstbesten Gelegenheit zu entlassen.

Aber es fügte sich, dass Thea wenige Tage darauf einen Schwächeanfall bekam. Sie brach neben Brüggemanns Schreibtisch zusammen. Das Lächeln, mit dem sie sich, kaum zum Bewusstsein zurückgekehrt, zu entschuldigen suchte, brachte Brüggemanns Herz in Aufruhr. So sehr erinnerte es an ein Lächeln, mit dem schon einmal eine Frau in seinen haltenden Armen die Augen zu ihm aufgeschlagen hatte, um sie gleich darauf für immer zu schließen.

Thea, in Furcht, ihr Brot zu verlieren, wenn man sie schwächlich fand, gab abgewandten Gesichtes zu, seit Wochen nichts Warmes gegessen zu haben. Sie stand allein in der Welt und musste leben von dem wenigen, was sie verdiente.

Konnte Brüggemann sie entlassen?

Ihr Gehalt wurde aufgebessert. Sie blieb bleich, aber das Weiß ihrer Haut begann zu leuchten. Die Kunden, die in die Bank kamen, starrten sie an.

Was sich zwischen ihr und Brüggemann ergab, blieb eine Art behutsamer Freundschaft (oder streng voreinander geheim gehaltener Liebe). Die Grenze zwischen Arbeitgeber und Angestellter wurde niemals überschritten. Indessen: Einer fühlte sich des andern gewiss.

Als es Brüggemann eines Tages schien, als wenn Theas Leben keineswegs ohne Mann verlief, erkannte er an der tiefen Bitterkeit seiner Enttäuschung, wie viel sie ihm bedeutete.

Es war das zwischen seines Sohnes dreizehntem und fünfzehntem Lebensjahre, eine Zeit, in der er erfahren sollte, dass dieses Kind der so sehr geliebten Frau ihm früh entglitt.

Die Einwirkungen einer Epoche, die wie keine zweite geeignet war, die Gegensätze zwischen den Generationen aufklaffen zu lassen, beschworen frühe Konflikte herauf, die bei der reizbaren Gemütsart des Vaters und dem leidenschaftlichen Kampfgeist Joachims zu bedenklichen Härten führten.

Brüggemann alterte vorzeitig. Seine Gesundheit war nicht die beste. Seitdem Sorgen um die Aufrechterhaltung seines Bankgeschäftes hinzukamen, erforderte die Zusammenarbeit mit ihm immer mehr Klugheit und Geduld.

In solchen Stunden, in denen die geschäftliche Anspannung an allen Nervensträngen riss, in denen Brüggemann sie marterte mit seiner Übellaunigkeit und Überreiztheit, brachte Thea sich immer wieder zum Bewusstsein, wie viel sie dennoch erreicht hatte in ihrer Arbeit. Vor drei Jahren hatte Brüggemann ihr Handlungsvollmacht erteilt, vor einigen Monaten war sie zur Prokuristin bestellt worden. Das war schon viel. Sie konnte als Frau kaum mehr von ihrer Karriere erwarten.

Es ist ein gewöhnlicher Alltag im Grunde genommen, einer der dreihundert Arbeitstage im Jahr. Draußen ist es Mai, ein etwas kühler, unfreundlich unentschlossener Mai.

In der Bank ist es genau umgekehrt. In der Bank herrscht etwas wie Siedehitze und Gewitterschwüle.

Die gestrigen Abendblätter haben die Nachricht verbreitet, dass die Österreichische Creditanstalt in Wien Millionenverluste erlitten habe und unterstützungsbedürftig sei. Keine angenehme Kunde für Bankleute. Es ist ein Elend jetzt mit den Pleiten.

Natürlich haben es alle gelesen. Schwartzkopf, der Kassenbote, liest es erst gerade jetzt. Er frühstückt. Das ist seine große Stunde am Tage. Er hat sich die Zeitung über die Knie gebreitet, kaut bedächtig und buchstabiert. Ab und zu nimmt er einen Schluck aus der Flasche. Echtes Dortmunder. Dortmunder schmeckt ihm am besten.

«Merkste was?», ruft Roderich, der erste Buchhalter, zu ihm hinüber und gähnt mit aufgerissenem Munde. Roderich ist ein tüchtiger Buchhalter. Weiß der Himmel, wie er das macht, bei seinem Lotterleben. Er lumpt in den Nächten. Man weiß nie ganz genau, ist er angetrunken oder tut er nur so. Nach Alkohol riecht er ewig. Seine Finger sind gelb vom vielen Rauchen. Aber seine Bücher hat er im Schuss, und seine Abschlüsse stimmen auf den Pfennig.

«Gott, was geht uns schon ein Bankkrach in Wien an!», platzt Fräulein Prill heraus und legt Kohlepapier zwischen zwei Briefbogen. Sie ist ein großes hageres Mädchen mit einem unverhältnismäßig üppigen Busen. Da sie keinen Büstenhalter trägt und seidene Blusen bevorzugt, hat Roderich in ihr einen ständigen Anlass zu Anzüglichkeiten.

Haffke, der zweite Buchhalter, etwas zu blond geraten, treuherzig und ehrlich (Holstens Hypothese war durchaus richtig), gibt ihr im Stillen recht bezüglich der Creditanstalt. Wien, das ist doch weit vom Schuss und obendrein Ausland. Und überhaupt, die machen sich hier ja gegenseitig verrückt. Solange er denken kann, herrscht Untergangspanik. Der Stohp hat einen Abbaukomplex. Das ist das Ganze.

Stohp schleicht denn auch umher wie ein Ungewitter. Er hat einen Gallensteinanfall gehabt die Nacht. Es kam so weit, dass er ins Badewasser musste. Heißes Bad hilft ihm immer. Jetzt ist er gelb und erschöpft, mit schwärzlichen Säcken unter den Augen. Seine Tochter Hilde hat die mathematische Arbeit verbogen. Wenn die das Abitur nicht besteht! Kein Glück, die ganze Familie. Und nun diese Schweinerei in Wien.

Er steht böse und gequält bei Veidt herum.

Veidt hat sich noch mit keinem Wort zu der Creditanstalt geäußert. Es scheint etwas los zu sein mit Veidt heute. Er rechnet fanatisch am gestrigen Abschluss, und jedes Mal, wenn die Tür geht, sieht er schnell auf. Kommt jemand herein, so macht er eckige Backenknochen.

Hätte er Brüggemann doch bloß gestern um Urlaub gebeten. Auf jeden Fall muss er Urlaub haben von zehn bis zwölf.

Um es anzudeuten: Veidt will zum Standesamt. Er macht Schluss mit dem Warten auf bessere Zeiten. Er hat das Hausen in möblierten Buden satt, den Fraß im Wirtshaus, Annas ewige Angst vor Schwangerschaft. Er lässt sich nachher um halb elf trauen und ist von jeglicher glückhaften Einstellung zu diesem Schritt so weit entfernt, dass er bisher keinem seiner Kollegen auch nur ein Sterbenswort davon gesagt hat.

Wenn Brüggemann nicht kommt bis spätestens zehn Uhr zehn, dann muss er die Iken um Urlaub angehen. Veidt ist im Allgemeinen ein Mann der Vernunft. Aber in seinem Verhalten zu Thea fehlt ihm jegliche Einsicht. Er hat da einen verbohrten Mannesstolz, der ihm verbietet, sie anzuerkennen. Es kostet ihn täglich einen lächerlichen Aufwand an Nervenkraft, ihre Autorität zu umgehen.

Thea weiß das und vermeidet jegliche Kraftproben. Und diese Ruhe und Besonnenheit ist wieder, was Veidts

Hass gegen sie unmäßig schürt. Er möchte sich einmal, einmal ihr gegenüber entladen.

Der Kassenraum steht voller Kunden. Der Rückschlag der Wiener Ereignisse bleibt nicht aus. Alles umdrängt den Devisenschalter. Veidt hat seine Uhr vor sich auf dem Tintenfass liegen. Es ist gleich zehn.

Fünf Minuten nach zehn fegt Brüggemann durch den Kassenraum, sichtlich in großer Eile und übler Laune.

Veidt will ihm nach. Da ruft an seinem Platz das Telefon.

Verdammt! Die Kaffeegroßrösterei Untzer braucht fünftausend Dollar. Veidt schreibt im Telefonieren die Order für Dr. Leitner aus, den er gerade bedient. «Neunhundert englische Pfunde?» Dr. Leitner kann unmöglich wissen, dass er gefragt ist. Der Angestellte von Untzer schreit in den Apparat: «Dollar, Mann, fünftausend Dollar, keine Pfunde.»

Ehe noch Veidt das Gespräch beenden kann, kommt Brüggemann schon wieder heraus aus seinem Zimmer, in Hut und Mantel, den Mantel offen. Veidt lässt alles liegen und setzt ihm nach.

Brüggemann hat ein Handgemenge mit Spelzig, der ihn festhalten will.

«Tut mir schrecklich leid, Herr Konsul. Wichtige Gläubigerversammlung. Morgen um elf.»

«Herr Brüggemann, eine Sekunde!»

Der ist schon draußen, und Veidt steht da mit seinem Problem, das keins ist.

Aus der Gruppe am Schalter tritt ein Herr auf ihn zu. «Ach, entschuldigen Sie», flüstert er geheimnisvoll, «eine Bankverbindung in Holland, können Sie mir eine ganz verlässliche Bank in Holland ...? Zinssatz spielt keine Rolle, wohlverstanden ... nur bombensicher, Sie verstehen ... hundertprozentig risikofrei.»

Veidt, bleich, als habe sich Entsetzliches entschieden, kehrt an seinen Platz zurück.

«Ich brauche unbedingt Schweizer Franken in Gold, mein Gott, wie lange dauert denn das hier?», zetert eine hysterische Dame, die ganz hinten steht, und fuchtelt mit einem Paket Hundertmarkscheinen über den Köpfen der andern hinweg.

«Eine vertrauliche Auskunft ...», fleht jemand vor Veidt. «Ist es ratsamer ...?»

Veidt gibt außen Antwort. Innen foltern ihn imaginäre Gespräche mit der Iken.

«Fräulein Iken, ich muss mal auf zwei Stunden weg.» Unsinn, wozu anreden? Also: «Ich gehe mal auf zwei Stunden weg.» – «Heute? Ausgeschlossen.» – «Das wird sich finden.» – «Das findet sich nicht, Sie bleiben hier.» – «Darüber haben Sie nicht zu bestimmen.» – «Sie bleiben hier und damit basta.» – «Was bilden Sie sich eigentlich ein, Sie?»

So ungefähr müsste es losgehen. Er kann die Entwicklung nicht ganz überdenken. Zum Schluss müsste es eine Raserei werden mit Beleidigungen und Schmähungen rabiatester Art. Oh, er hasst dieses Weib. Er hasst sie mit der ganzen Wut seines unbefriedigten Ehrgeizes. Er wäre Prokurist hier, wenn sie es nicht geworden wäre. Unter der Voraussetzung, bald befördert zu werden, ist er seinerzeit bei der Brüggemann-Bank eingetreten. Das war ein Wettlauf zwischen ihnen beiden, die letzten Jahre! Er hatte sich tausendmal gesagt, dass ein weiblicher Prokurist eine Unmöglichkeit wäre im Bankgewerbe. Er hatte sehr wohl auch Brüggemanns Widerstand gegen Thea Ikens Ehrgeiz bemerkt. Weiß der Himmel, mit welchen Mitteln sie ihn schließlich dennoch rumgekriegt hat. Sie drängt sich ja zu jeder Arbeit, sie schmust mit den Kunden, sie steckt die Nase in alles und jedes.

Da hat er nun das Abendgymnasium besucht, jahrelang, regelmäßig nach dem anstrengenden Dienst. Da hockt er jetzt noch Nacht für Nacht in der Abendhochschule, übermüdet, überanstrengt, überreizt. Die Hoffnung, zu einer anderen Bank hinüberwechseln zu können, ist ein Irrsinn in der Zeit des unentwegten Abbaus. Er wird eines Tages promovieren. Schön. Er wird die Berechtigung haben, sich Dr. Veidt zu nennen. Großartig. Aber die Iken wird er dadurch nicht verdrängen, seine Stellung nicht verbessern, sein Gehalt nicht erhöhen können. Und wenn er wer weiß welche Anstrengungen machte, es würde ihm alles nichts nützen, das

Weib würde ihm immer und ewig im Wege sein und bleiben.

Wenn man sie aus dem Wege schaffen könnte? Sie braucht ja nur zu heiraten. Herr, mein Gott, warum heiratet so eine nicht? Was haben Weiber schon in einer Bank zu suchen? Wenn sie nicht hinter den Kochtopf gehört (unmögliche Vorstellung) oder neben die Wiege, dann seinetwegen in eine Luxuslimousine oder in eine Villa am Vierwaldstädtersee. Seinetwegen soll sie Nachfolgerin der Garbo werden oder seiltanzen oder sonst was anfangen. Er gönnt ihr jede Karriere, die glanzvollste, die fantastischste, nur seine nicht, seine nicht. Seine Karriere soll sie ihm nicht wegnehmen.

Das Hemd klebt ihm am Leibe. Er ist so herunter mit seinen Nerven, dass die geringste Erregung ihn in Schweiß bringt.

Er stiert auf den Zettel, auf dem er hundertsiebenundfünfzig Dollar in Reichsmark umrechnen soll. Er rechnet, rechnet ...

«Fräulein Iken, Sie müssen mich nachher auf zwei Stunden vertreten.» Weg mit der Anrede: «Ich gehe nachher mal auf zwei Stunden weg, und Sie vertreten mich.»

Hinter sich fühlt er die Iken sitzen. Sie telefoniert seit einer vollen Stunde, ruhig, stetig, planmäßig und besonnen. Sie ist ganz frei von Hysterie.

«Effekten», sagt jemand in dem Gedränge vorm Schalter, «gehen Sie mir mit Effekten!» – «Wie hoch stehen die Schweizer Obligationen?» – «Und ich sage Silber, es kommt eine Hausse in Silber.»

Spelzig dazwischen verkündet das Ende der Weltwirtschaftskrise durch die Erfolge seines Brikomoss-Hochofens.

Auf Brüggemanns Schreibtisch liegt aufgeschlagen die Liste der Schuldner, nach Fälligkeiten geordnet.

Thea überliest die Posten. Die Siedemannwerke in Rathenow haben Ende der Woche hundertachtzigtausend Mark zurückzuzahlen. Thea meldet ein Gespräch mit Rathenow an.

«Einen Moment», sagt die Sekretärin von Dr. Füger. Thea hört Flüstern im Mikrofon.

Die Sekretärin schaltet sich wieder ein. «Ich erfahre eben, dass Herr Dr. Füger gar nicht im Hause ist.»

Thea sagt nicht ohne Schärfe: «Ich muss Herrn Dr. Füger unbedingt sprechen. Bitte fragen Sie nach, ob er nicht doch für mich zu sprechen sein will.»

«Ich wäre verreist, sagen Sie doch, ich wäre verreist», versteht sie deutlich.

Die Knie sind ihr ein klein wenig schwach geworden. Unsinn, die Siedemannwerke sind gut. Es laufen da hohe Kredite. Das Engagement ist ganz bedeutend. Wenn die Geschichten machten! Ausgeschlossen, Siedemann macht keine Geschichten.

Aber ein Missbehagen bleibt spürbar in ihr zurück, als sie den Kassenraum wieder betritt.

Vor Veidts Schalter steht eine Volksversammlung. Veidt ist nicht da.

Die Dame, die so verzweifelt nach Schweizer Gold lamentiert, hat sich glücklich bis nach vorn gedrängelt.

«Wo bleibt er nun bloß», ruft sie aufgelöst, «ich bin dran, ich bin die Nächste. Mein Gott, wenn gerade jetzt was passiert. Wenn die jetzt eine neue Inflation ansagen! Das ist ja nicht auszudenken, dass man noch mal seine paar Groschen verlieren soll!»

«Paar Groschen!», murrt ein Laufjunge und starrt wie hypnotisiert auf die Hundertmarkscheine, die sie krampfhaft und zahlbereit vor sich hin hält.

Aber darin hat sie recht: Veidt könnte wiederkommen. Es entsteht Unruhe in der Gruppe.

Thea ruft nach hinten, wo Haffke seine Primanoten bucht: «Gehen Sie mal runter, Veidt soll sich beeilen.»

Haffke macht blaue erschrockene Augen.

Er geht nach unten. Vielleicht geht er die Wendeltreppe nur bis zur Hälfte hinunter, bis zu der Höhe, wo der Notausgang ins Freie führt. Er ist verdächtig schnell wieder oben.

«Unten ist Herr Veidt nicht», meldet er und wird über und über rot. Immer wird er rot, wenn er mit der Iken spricht. Sie bringt ihn immerwährend in Verwirrung.

«Unsinn, wo soll er denn sein? Wenn er hier oben nicht ist, muss er unten sein.»

Haffke reißt allen Mut zusammen und sagt: «Ich glaube, Veidt ist fortgegangen.» Es ist grässlich fatal. Er findet das selbst ungeheuer von Veidt. Und nun steht ausgerechnet er, Haffke, vor der Iken und muss ihr das sagen.

«Fortgegangen, jetzt mitten im Dienst?»

«Er hat so etwas gesagt, dass er in zwei Stunden wiederkäme.»

Schwartzkopf kommt wichtig aus der Registratur nach vorn.

«Det stimmt. Is mal 'n bissken weg, der Veidt, heiraten jejangen.»

«Und wen hat er gebeten, ihn zu vertreten?»

Au verflucht. Haffke fühlt den wilden Wunsch, sich unsichtbar zu machen. Wenn die ihn jetzt an den Devisenschalter kommandiert, ausgerechnet, wo da solche Meute wartet. Gerade in Devisen hat es bei seiner Ausbildung gehapert.

Das Publikum macht offen Radau.

Thea setzt sich kurz entschlossen an den Schalter.

«Schweizer Gold kann ich Ihnen jetzt gleich nicht geben, gnädige Frau. Morgen. Ich besorge es Ihnen zu morgen.»

Die gnädige Frau markiert einen Ohnmachtsanfall, der ihr indessen nichts nützt.

«Bitte hier zu unterschreiben», Thea verhandelt bereits mit dem nächsten Kunden.

Sie hat das Exposé für Lohmeyer zu schreiben. Die Börse muss gleich anrufen. Die Post muss diktiert werden. Eine Flegelei von diesem Veidt. Aber sie wird ihm den Gefallen nicht tun, ihn zur Rede zu stellen. Sie wird seine Ungehörigkeit übergehen, wie sie den passiven Widerstand, die neidvolle Feindschaft der gesamten Angestellten gegen sie übergeht.

Alles in allem ist es ein mörderischer Tag, gespickt mit Widerhaken, ein Tag, der Nerven frisst und schlechte Laune macht.

Einmal reißt Thea ein Fenster auf und hängt sich mit dem Oberkörper hinaus an die frische Luft. Das heißt: Frische Luft ist reichlich zu viel gesagt.

Das Fenster sieht auf einen Hof, einen richtigen Großstadthof Marke Burgverlies. Ganz unten riecht es nach Müllkästen, von oben her bricht eine Brise Bratenduft herein, von links, wo der Friseur wohnt, ein Parfüm Mille Fleurs. Immerhin riecht es hier nicht nach Bank, nicht nach Geld, nicht nach dem Gezeter, dem Gefeilsche, dem hysterischen Lamento der Kunden.

In diesem Augenblick, ganz spontan, muss sie an Joachim denken, an sein empörtes junges Gesicht, seinen leidenschaftlichen Drang nach Freiheit, Weite, Größe. Wo mag er umherirren, der Junge? Ob sie Brüggemann – ganz vorsichtig – nach ihm fragt?

Zwischen die Steine hat jemand ein Fliederbäumchen gepflanzt. Da steht es nun, versucht zu wachsen und wächst auch, bisschen krüppelig und nicht ganz gesund. Aber über Nacht hat es etwas Grün herausgebracht. Tatsächlich: ein zaghafter, unwahrscheinlich zarter Hauch Grün liegt über den verbuckelten Ästchen.

Eine Sekunde, nicht länger, hat Thea hinuntergeschaut und ist gleich wieder an ihre Arbeit gegangen. «Das sind wir», denkt sie und setzt die Drehscheibe in Bewegung, um die Börse anzurufen, «keine Sonne, kein Erdreich, eingemauert, aber wir leben.»

Auf der Börse ist einiger Tumult. Die Wiener Ereignisse bleiben nicht ohne Wirkung. Raus aus der Deutschen Mark. Rein in ausländische Werte.

«Nein, Albert Scherf zieht seinen Auftrag zurück, nicht kaufen.» – «Wie sagen Sie, zweiundsechzig? Das kann doch nicht stimmen, die schlossen gestern mit zwoundachtzig.»

«Gestern war gestern, und heute ist heute», sagt Wark philosophisch. – «Nein, verkaufen Sie nicht. Ich muss erst mit Brüggemann sprechen. Im Übrigen können Sie die Zigarre aus dem Mund nehmen beim Telefonieren. Ich muss alles doppelt fragen, hält bloß unnütz auf.»

Als der Schalterverkehr etwas nachlässt, geht Thea hinunter in die Garderobe, die Hände zu waschen, sich etwas zu erfrischen.

Eine Wendeltreppe führt in steiler Windung hinab

in ein gekacheltes Viereck, das je nach Bedarf herhalten muss als Toilettenraum, Waschgelegenheit, Kleiderablage, Kantine, Versammlungslokal. Drei Meter lang, drei Meter breit alles in allem. Fenster so gut wie nicht vorhanden. An der Decke eine Art ewiger Lampe. Ein Scherengitter trennt den Tresor ab.

Fräulein Prill ist gerade dabei, Kaffee zu kochen.

Als sie erkennt, dass es Thea ist, die herunterkommt, dreht sie blitzschnell das Gas ab, obwohl das Wasser noch gar nicht kocht.

Hat sie je verboten, Kaffee zu kochen? Würde sie es je verbieten? Auch das ist einer der vielen Widerhaken. Warum ist sie so isoliert unter den Kollegen? Nur weil sie vorwärtskommt?

«Wie gut das riecht», sagt sie und schnuppert in der Luft. Schon hat sie das Gefühl, dass die Prill ihre Bemerkung als Rüge auffasst.

«Mir war so flau», sagt die Prill entschuldigend und verstaut ihre Kaffeebüchse im Garderobenschrank. Thea öffnet den Wasserhahn und lässt sich das Wasser über die Hände laufen.

«Wissen Sie, Fräulein Prill, kochen Sie mir auch eine Tasse mit. Ein blöder Tag heute.»

Die Prill reißt erleichtert ein neues Streichholz an. Es gibt einen kleinen Knall, als sich das Gas entzündet. Dann brennt es. Sein Kochen füllt die Stille des kleinen Raumes.

«Ob ich sie frage, weshalb sie vorhin ausgelöscht hat?», denkt Thea. Aber sie fühlt die Bestürzung des Mädchens voraus, hört die Ausrede, fühlt das Missbehagen und unterlässt die Frage.

Brüggemann kommt gegen neun Uhr, als niemand mehr in der Bank ist außer Thea.

Schwartzkopf hat, als er ging, die Deckenbeleuchtung ausgeschaltet. Es ist dunkel in der Bank bis auf den kleinen, scharf gezirkelten Kreis um Theas Platz.

Brüggemanns Gesicht ist nicht zu erkennen. Aber schon, dass er nicht Guten Abend sagt, genügt für Thea, den Verlust der Bank bei der Bau-Union abzuschätzen.

«Zwanzig Prozent», sagt Brüggemann nachher und wischt sich kleine Schweißtröpfchen von der Stirn, wiewohl es gar nicht heiß ist. «Mehr war nicht rauszukriegen. Oppenheimer drüben hängt mit hundertsechzigtausend Mark. – Und was hat es hier gegeben?»

Thea, ihren Notizblock in der Hand, überfliegt das Gewirr von Notizen, um das Angenehme zuerst zu sagen.

Brüggemann packt seine Aktentasche aus. Seine Hände vibrieren. Nun er den ergrauten Kopf über den Inhalt der Tasche beugt, den Rücken müde gerundet, kommt Thea eine Ahnung davon, dass an diesem Manne heute mehr gerüttelt hat als nur der Verdruss bei der Gläubigerversammlung und der Verlust einer Summe, die nicht mehr als siebzigtausend Mark beträgt.

«Ich habe bei Siedemann angerufen», setzt sie vorsichtig an. «Dr. Füger war nicht zu sprechen. – Es schien mir, als ließe er sich verleugnen.»

Brüggemann ist kaum berührt. Also hat sie recht mit ihrer Vermutung: Es ist etwas anderes.

«Fahre ich morgen hin», sagt Brüggemann. «Bahnhofsauskunft anrufen. Einen frühen Nachmittagszug.»

«Zwischen eins und zwei wollte Römer kommen.»

«Wird Römer eben auf elf bestellt. Ist nach London geschrieben?»

Ob er Nachricht von Joachim hat? Schlimme? Die schlimmste!

«Sie haben das gestern noch offengelassen», sagt Thea.

«Gleich schreiben. Es hagelt Kreditkündigungen aus dem Ausland. Brief muss heute noch weg. Am besten schreiben Sie jetzt gleich.»

Thea geht und schreibt den Brief an Lakefield Brothers, 167. Main Street, London ...

Als sie mit dem fertigen Brief zu Brüggemann zurückkommt, hat er auf seinem Kalender notiert, was alles heute noch erledigt werden soll.

«Plewe will zurückzahlen. Kontoauszug für Plewe. Roderich schon weg? Den Bengels ist scheinbar zu wohl bei uns.»

Thea sagt: «Es ist halb zehn. Macht er gleich morgen früh.» Sie notiert.

«Wenn wir erst morgen abschicken, hat er den Kontoauszug erst übermorgen. Der Kerl ist imstande und besinnt sich dann auf unsere Vereinbarung nicht mehr.»

Thea geht an Roderichs Platz und schreibt den Kontoauszug für Plewe.

«Wie ist das mit Lohmeyer?», ruft Brüggemann drinnen zornig und überlaut, «ist das Exposé fertig?»

«War unmöglich heute im Laufe des Tages. Außerdem übersehe ich die Situation nicht ganz. Es wäre besser, Sie machten das Exposé.»

«Was heißt nicht übersehen? Steht doch alles in den Akten! Sehen Sie sich die Akten an. Dann ist der Fall klar.»

«Es sind acht Bände», sagt Thea, und in ihren schwarzen Augen glimmen kleine böse Funken. «Herr Brüggemann, wir müssen Ersatz für Koralus haben. Wir kommen mit den paar Leuten nicht mehr durch. Es wäre ganz gut, wenn wir jemand für die Effekten anstellten, der mir gleichzeitig etwas zur Hand ginge.»

Brüggemann antwortet nicht. Er blättert in der Unterschriftenmappe, ohne die Briefe, die für seine Unterschrift zurückgeblieben sind, durchzulesen.

Thea wartet.

Es ist da irgendetwas, das er ihr noch sagen will.

Sie hat die Absicht gehabt, sich über Veidt zu beschweren. Aber es geht nicht. Man darf Brüggemann nicht ein Gramm mehr noch aufladen heute. Irgendwie ist er an der Grenze. Es würde sie nicht wundern, wenn er jetzt sagte: Sie haben Joachim gefunden, oder: Sie haben ihn aus der Spree gefischt, oder: Er hat im Grunewald gelegen.

Sie geht leise aus dem Zimmer, sucht aus der Registratur die Akten Lohmeyer zusammen. Sie ist todmüde. Seit morgens acht Uhr hat sie nicht mehr gegessen als zwei Schnitten Brot und eine Tomate. Sie stützt die Stirn in die Hand und müht sich vergebens, den Sinn dessen zu erfassen, was ihre Augen lesen,

Gegen halb elf kommt Brüggemann aus seinem Zimmer, zum Fortgehen bereit.

Nachdem er den Lichtkreis ihrer Lampe durchschritten hat, wendet er sich zurück und sagt: «Haffke soll die Effekten übernehmen. Seine Arbeit kann Joachim bekommen.»

Thea sieht auf, mit einem großen und warmen Blick, in dem keine Neugier, kein Schatten zudringlicher Überraschtheit ist. Sie verrät weder Erleichterung noch Verwunderung. Sie weiß um die ganze Schwere dieser Rückkehr auf beiden Seiten.

Brüggemann tritt in die Nähe ihres Platzes und streckt ihr die Hand hin.

«Machen Sie Schluss für heute», sagt er – und es klingt ganz fremd –, «ich diktiere morgen das Exposé.»

Er geht rasch hinaus. Thea sieht ihm nach, wie sein Schatten, ins Gigantische wachsend, über die Scheiben wandert. Dann springt draußen ein Motor an. Dann hört man ein Hupensignal sich entfernen von Straßenkreuzung zu Straßenkreuzung.

Es ist spät am Abend. Es ist drei viertel zehn. Im Hinterhaus sind schon die Fenster dunkel. Die Menschen in den Hinterhäusern haben entweder Arbeit, dann müssen sie früh aufstehen und gehen zeitig zu Bett, oder sie haben keine Arbeit, dann müssen sie Licht sparen und gehen erst recht zeitig zu Bett. Wenn man in den Hof hinausguckt, sieht es aus, als wäre es bereits tief in der Nacht.

Auch der Garderobenraum hat dieses nächtlich Geweitete, Stumme. Die Birne brennt trübselig an der Decke. Die Wendeltreppe windet sich nach oben wie ein Schlangengerippe. Die Nickelbeschläge der Toilettentüren blinken ein wenig, und hinter dem Scherengitter, wo es in den Tresor geht, ist es stockfinster. Es weht jene Kühle daraus hervor, die alle Keller zur Nachtzeit ausatmen.

In dieser weiß gekachelten Öde ist ein Mensch zurückgeblieben, ein alter, kränklicher, wenn man will: ein verlorener Mensch. Der Mann mit der Abbauangst, Stohp, der Kassierer.

Es ist ein seltsames Wesen, das er hier unten treibt. Man kann nicht umhin: Sein Treiben ist etwas verdächtig.

Er schließt zum fünften Mal wenigstens seinen Garderobenschrank auf und befühlt seinen Mantel. Er betastet ihn eingehend und gründlich. Es ist ein ganz gewöhnlicher Mantel, bisschen abgetragen am Kragen und an den Ärmeln, aber sonst noch ganz gut. Stohp fasst in die Taschen. Die Taschen sind leer. Natürlich sind sie leer, da er nichts hineingetan hat. Stohp erwartet keineswegs, dass sich irgendetwas noch so Unbedeutsames darin finden könnte. Es ist nur, damit er beschäftigt ist.

Er horcht voller Unruhe nach der Treppe. Er nimmt seinen Hut aus dem Fach, wischt mit dem Ärmel über den Filz und legt den Hut an seinen Platz zurück.

Er steht auch wohl vor dem Tresorgitter und stiert ins Schwarze.

Die andern sind längst zu Haus. Nur die Iken rumort oben noch umher. Und weil die Iken noch da ist, muss er sich hier unten verbergen.

Sein Abschluss stimmt wieder einmal nicht, und er kann den Fehler nicht finden. Er wird nachher weitersuchen, bis sein alter Schädel noch wüster, noch dumpfer und stumpfer ist. Aber das muss geheim geschehen.

Sie sollen ihn nicht zurückbleiben sehen und denken: Aha, der Stohp! Sie sollen nicht nachzählen können: Soundso oft stimmt sein Abschluss nicht, und soundso viele Nächte sitzt er in der Bank und rechnet sich um den Verstand. Er will mit seiner Unfähigkeit, seinem Alter, seiner Verzweiflung allein sein, und darum verbirgt er sich in diesem Raum, der ein klein wenig unwürdig ist, ein wenig lächerlich und trivial.

Es kommt überall vor, dass mal ein Abschluss nicht

stimmt und dass dann einer sitzt bis in den grauen Morgen hinein, rechnet und rechnet und immer noch einmal von vorn anfängt und langsam nervös wird und zum Schluss einfach hysterisch.

Aber es ist schlimm, wenn das einem alten Kassierer passiert. Es ist schlimm, wenn das einem alten Kassierer immer öfter passiert.

Zählt man die Jahre, so ist er noch gar nicht mal alt. Gerade einundfünfzig gewesen. Aber man sehe ihn sich an, wie er dort steht mit der Ratlosigkeit und Bösartigkeit eines eingesperrten alten Elefanten: schwarze Säcke unter den Augen, schütteres graues Haar, das sich im Nacken leicht sträubt, weil es lange nicht geschnitten ist, schwerfällig plump und rund der Rücken, bereits zusammengesackt unter der Last, die ihn drückt. Und man fragt sich mit leisem Schauder: Wie ist das möglich? Wie ist es gekommen, dass ein Mensch so ausgepumpt, abgenutzt, leer geplündert dasteht vor der Zeit?

Stohp hat den Krieg mitgemacht, jawohl. Er ist in der Inflation schon Bankbeamter gewesen: also zweimal Krieg. Vierzehn bis sechzehn Stunden am Tage hat er damals Nullen addiert, Haufen sinnlosen Geldes gezählt, Riesenschlangen von Zahlen bewältigen müssen.

Das hat schon ein wenig gerüttelt am Bau. Er steht nicht mehr ganz so fest. Hier ein paar Risse, dort eine morsche Stütze. Und dann haben die Ratten begonnen, inwendig zu nagen: Die Arbeitslosigkeit hat um sich gegriffen wie eine Seuche. Bankbeamte in Scharen werden aus den Betrieben gewiesen.

Stohp hat eine kleine gefährliche Leidenschaft. Wie es Leute gibt, die Briefmarken sammeln, Schmetterlinge auf Nadeln spießen oder Gräser zwischen Löschblätter pressen, so sammelt Stohp sein Leben lang statistisches Material.

Es hat Jahre gegeben, da war diese Liebhaberei eine Erbauung in friedlichen Stunden, da wusste er aus dem Kopf, wie viel Schweine jährlich in Deutschland geschlachtet werden, wie viel Eier ein fleißiges Huhn legt, wie viel Ehen in Frankreich, in England, in den Vereinigten Staaten geschieden werden.

Jetzt hat er sich spezialisiert auf die Elendsstatistik der Banken. Er zählt die Arbeitslosen, die Selbstmörder, die Defraudanten aus Bankenkreisen. Für jede Bank, die ihre Schalter schließt, macht er ein Kreuz in sein Notizbuch. Es ist da ein ansehnlicher Kirchhof von Kreuzen versammelt, die sich erschreckend verdichten in letzter Zeit.

Stohp hat eine Tochter, die das Gymnasium besucht, einen Sohn, der im ersten Semester studiert. Er ist allzeit ein bescheidener kleiner Angestellter gewesen, bedürfnislos für sich selbst, ohne hochtrabende Pläne. Aber er hat den Ehrgeiz aller Unterdrückten: Seine Kinder sollen hoch hinaus.

Und da er versäumt, auch eine Statistik der Arbeitslosigkeit in den akademischen Berufen zu führen, so unterliegt er dem Trugschluss, dass es Demütigungen, Unfreiheit, Knechtung, Angst vor Abbau und Erwerbslosigkeit, Hunger, frühzeitiges Alter und ein Ende im Elend nicht geben kann, wenn man studiert hat. Er hat sich ausgerechnet, dass er sich noch fünf Jahre halten muss in der Bank, wenn er die Kinder einigermaßen auf den Weg bringen will.

Armer Stohp, fünf Jahre, das schaffst du nicht mehr, und du weißt, dass du es nicht schaffst. An diesem Wissen, an nichts anderem, gehst du zugrunde, davon stimmen deine Abschlüsse nicht, davon erlahmen dir Herz und Hirn.

Sieh mal, es trifft gar nicht zu, dass man dich immerwährend beobachtet und belauert, dass Brüggemann sich jeden Tag überlegt, wie er dich loswird, dass die Iken ihn ewig drängt, dich zu entlassen, dass deine Kollegen bei jedem Anlass gegen dich hetzen.

Aber du glaubst es, und darum ist es für dich so und nicht anders. Du bist in ständiger Furcht, deine Arbeitsfähigkeit könnte nachlassen, und davon lässt sie nach. Du argwöhnst, dass alle dich alt und verbraucht finden, und davon wirst du alt und verbraucht. Und je tiefer du dich hineinfrisst in deine Abbauangst und Untergangspanik, desto eher ist dir das Ende gewiss. Ohne deine Psychose könntest du noch gut deine fünf, zehn Jahre Dienst tun, aber so ...?

Als der Beamte der Wach- und Schließgesellschaft

«Treuwacht» auf seiner Zweiuhrrunde immer noch Licht sieht in der Bank, schließt er auf und geht hinein.

Er sieht im Lichtkreis einer einsamen Schreibtischlampe einen alten Mann sitzen, der mit der Stirn vornüber auf die Tischplatte gesunken ist.

Der Beamte, der ein Unglück mutmaßt, tritt hinzu und rüttelt ihn an der Schulter. Der Mann wacht augenblicklich auf, und wenn der Beamte zu lesen verstünde in Menschengesichtern, so würde er gewiss erschrecken über die Tiefe der Verlorenheit, aus der hier ein Mensch zurückkehrt in die Wirklichkeit.

Kurz vor neun Uhr früh ist es, als Joachim kommt. Thea, die gerade telefoniert, den Rücken gegen den Eingang gekehrt, weiß sofort: der Ausreißer! Sie wendet den Kopf und nickt ihm im Sprechen mit ihrem schönen strahlenden Lächeln, das die Perlenschnüre ihrer Zähne bloßlegt, zu.

Nichts von dem inwendigen Erschrecken kommt in dieses ermutigende Lächeln.

Das also ist jetzt Joachim. Mein Gott, wie lange war er denn fort? Tage doch nur. Sie beendet das Gespräch und geht rasch um das Halbrund der Schalterbrüstung ihm entgegen.

Die Schwingtür wirft Blitze von Licht über sein helles, lockeres Haar.

Er hat den Mund schmal gepresst und die Nasenlöcher geweitet. Er hat die junge Stirn in böse, verzweifelte Falten zusammengeknautscht und kommt ein wenig blindlings und besinnungslos auf sie zu.

Es ist ganz still geworden in der Bank. Alle starren verblüfft auf ihn hin.

«Grüß Gott, Joachim», sagt Thea leise und drückt ihm

kameradschaftlich die Hand. «Sie kommen gerade zur rechten Zeit. Wir brauchen Sie mächtig.»

Joachim, erschreckend schmal geworden, kantig und unheimlich erwachsen, muss sich verdammt zusammenreißen vor ihrem groß aufgeschlagenen Frauenblick.

Er möchte lächeln. Es geht nicht. Scham und Erbitterung würgen ihm den Schlund. Er bringt kein Wort heraus.

«Kommen Sie ein bisschen mit nach hinten. Haffke macht schon alles fertig für Sie. Sie kriegen Haffkes Posten. Vielleicht können Sie auch bald an die Effekten. Sie werden sehen, zuletzt macht es Spaß.»

Sie zieht die Tür hinter sich zu.

Joachim, mit einer Kopfbewegung nach hinten, sagt gequält:

«Wissen die das etwa alle, dass ich weggelaufen war?»

«Keine Spur. Ich habe gesagt, Sie wären zu Ausbildungszwecken nach England. Und wo jetzt überall Unruhe herrscht, sind Sie eben wiedergekommen. Ist das überhaupt eine Sorge, Joachim? Was andere denken und reden und mutmaßen?»

«Ach, Thea, ich bin so tief unten!»

Joachim macht einen stürzenden Schritt auf sie zu und greift nochmals nach ihrer Hand. Er geht tief mit der Stirn darauf nieder. So steht er lange. Thea fühlt das Pochen seiner heißen Stirn auf ihrem Handrücken.

«War es so schlimm?», fragt sie leise.

Sein Haar hat nicht mehr den frischen Glanz der allerersten Jugend. Sein Nacken ist gar nicht mehr der ahnungslose Nacken eines Knaben.

«Ich hatte kein Geld. Das verfluchte Geld. Gerade weil mir ekelte davor, vor dem Geschacher und Geschiebe, dem Gefeilsche und Geächz und Gekrächz um die elenden Groschen, musste ich weg. Ich schäme mich so vor mir selber, Thea. Dass ich nicht Schluss gemacht habe, dass ich nicht einfach Schluss gemacht habe. Denn Vater lässt nicht nach. Er denkt, die Welt ginge unter, wenn ich seinen Laden nicht übernähme. Ich bin in Hamburg rumgerannt ... immer den Hafen lang, immer am Wasser ... Ich habe Wasser kennengelernt ... Man muss am Wasser stehen und hineinstieren und denken: ein Sprung! Dann begreift man, was das überhaupt ist: Wasser. Ich hatte drei Tage nichts gegessen ... keinen Pfennig mehr in der Tasche ... kein Dach überm Kopf ... eine Nacht war das! Ein Schupo wollte mich vertreiben. Ich sprang nicht runter. Ausspeien könnte ich vor mir. Ich ließ mich schubsen von dem Kerl und sprang nicht. Und nun bin ich wieder hier, hier, hier!

Er presst sich die Handknöchel vor die Zähne. Jetzt, in seiner Verzweiflung, Tränen zurückkämpfend, das Haar wirr in der Stirn, dünkt er Thea wieder ganz ein Junge, mit einem trotzigen, übertriebenen, leicht fortzuschmeichelnden Schmerz.

«Nun, Joachim. Das stimmt nicht ganz. Es gehört bestimmt mehr Mut dazu zurückzukommen, als diesen einen Augenblick der Besinnungslosigkeit zum Absprung zu finden. Ihr Vater hat es auch nicht verdient um Sie, Joachim. Haben Sie sich den Vater angesehen, jetzt?»

Und als der Junge aufbegehren will: «Sehen Sie sich seine Hände an. Nur seine Hände. Joachim, ich glaube, dass Ihr Vater krank ist. Er hat sich nicht erholt seit dem Herbst, als wir hier Schwierigkeiten hatten. Sie wissen, er hat damals einen großen Teil seines Privatvermögens geopfert...»

«Thea, bitte, bitte nichts jetzt von dem Geldgewürge.»

«Nein, Joachim, aber Sie sollen nachgeben lernen. Gehen Sie mal eine Weile nicht in die Partei. Ich würde es auch für richtig halten, Sie kämen mal eine Weile nicht in die Bank. Wenn wir mal einen guten Augenblick erwischen, reden wir dem Vater zu, Sie...»

Es klopft an die Tür.

Roderich steckt seinen Kopf herein.

«Fräulein Iken, Telefon!»

Thea fährt Joachim ganz leicht und rasch mit der Hand über das ungeordnete Haar.

«Wir sind jetzt mal ein paar Wochen ganz artig, Joachim, wie? Vielleicht kann man dann viel besser mit dem Vater reden.»

«Noch keine Antwort aus London?», fragt Schwartzkopf im Vorbeigehen.

«Hau ab, Mensch», murrt Roderich.

Joachim kramt in der Registratur. Er hat sich mit einer Stille gefügt, die Freude machen könnte, wenn sie nicht unheimlich wäre. Meistens kommt er allein in die Bank, geht auch selten mit dem Vater fort.

Thea hat immer ein strahlendes, schönes Lächeln, wenn sie mit ihm spricht. «Sehe ich so feige aus, dass man mir immerzu Mut machen muss?», fragt Joachim einmal.

«Hat jestern wieda fuffzehntausend abjehoben», raunt Schwartzkopf weiter und bückt sich nach einem Zettel, der Roderich runtergefallen ist.

«Wer?»

«Der Alte.» Kopfbewegung Richtung Brüggemann.

«Na und?»

«Na und?» Schwartzkopf pfeift leise durch die Zähne.

«Damit ... im Falle eines Falles ... vastehste!»

Roderich gähnt, dass man die Plomben in seinen Backenknochen sehen kann. «Gar nichts versteh ich, oller Quatschkopp.»

«Werta noch vastehen lernen.» Schwartzkopf schlurrt ab.

Stohp ist ein dankbareres Opfer.

«Habta ooch jenug Kassenbestand?»

«Wieso?»

«Na, is der Kredit aus London vielleicht da?»

«Was für 'n Kredit aus London?»

Thea telefoniert in Brüggemanns Zimmer mit der

Börse. Ganz was Neues! Mit der Börse wird vom Effektenschalter aus telefoniert. Aber nein, damit doch man ja keiner was merkt. So als wenn einen das nichts anginge!

Da steht man hier, schuftet, hat seine Sorgen, hört irgendwas läuten und weiß nicht, wo die Glocken hängen. Vielleicht ist es schlimmer, als man denkt. Vielleicht ist es gar nicht so schlimm, und man quält sich ganz umsonst. Fragen darf man nicht. Die Zusammenhänge übersieht man nicht. Brüggemann und die Iken machen scheinheilige Gesichter. Die Zeitungen reden heute so, morgen so. Wenn bloß Wark erst käme.

Wark ist Börsenmakler. Nichts kann passieren, was Wark nicht vorher weiß. Wenn der Schlag kommt, kommt er von Wark. Wark hört, sieht, ahnt, spürt, wittert alles. Die Börse ist das Barometer der Wirtschaft. An der Börse ist genau zu sehen, wie das Wetter wird für jeden Einzelnen. An der Börse entsteht das erste Geflüster.

Seit viertel drei schielt Stohp immer während nach der Eingangstür. Es liegt etwas in der Luft heute. Er wird Wark an der Nasenspitze ansehen, was los ist.

Nun, das ist stark übertrieben von Stohp. Warks Nasenspitze ist nicht so ohne Weiteres deutbar.

Er besitzt ausgesprochen sadistische Neigungen, dieser Wark, eine gehörige Portion Eitelkeit und Großtuerei. Er weidet sich an der Qual seiner Opfer. Er ist sich seiner Bedeutung sehr wohl bewusst und gibt seine Weisheiten nur pfennigweise ab. Eine Handbewegung, ein Achselzucken, ein Blick an die Decke, und er reißt die Herzen hin und her zwischen Furcht und Erleichterung, Hoffnung und Entsetzen. Er spannt sie, foltert sie, erlöst sie von ihrem Druck, um sie aufs Neue zu erschrecken, zu verstören, herablassend lächelnd halbwegs wieder zu beschwichtigen.

Wenn Wark sich mit dem Effektenkassierer bespricht, haben alle übrigen Angestellten auch am Effektenschalter zu tun.

Es entsteht eine Versammlung hinter der Säule.

Thea hört das Getuschel. Sie kann diesen Wark nicht ausstehen. Als es ihr zu bunt wird, geht sie hinüber. Augenblicklich zerstiebt die Versammlung. Roderich sagt überlaut: «Wir machen es dann also andersrum, nicht, Herr Veidt?»

Die Prill, die von ihrem Platz aus hat zuhören können, tippt eilig weiter. Das plötzliche harte Prasseln der Schreibmaschinentypen macht die Sache nur noch auffälliger.

«Nun, Herr Wark», sagt Thea leichthin und legt eine Aufstellung, die sie geprüft hat, auf Veidts Platz, «was gibt es Neues?»

«Gott», sagt Wark, «man munkelt. Das ist ja nichts Neues mehr.»

«Nein», sagt Thea und nimmt seine Börsennotierungen auf, «das ist allerdings nichts Neues. Wen habt ihr denn jetzt wieder vor?»

Sie sieht die Aufträge durch, sehr genau, Blatt für Blatt. Bei diesem und jenem verweilt sie, rechnet, blättert aufmerksam weiter.

Wark sagt: «Nomina sunt odiosa», denn er hat das Gymnasium besucht und wirft gern mit lateinischen Brocken um sich. «Man spricht von einer kleinen Privatbank. Man gibt ihr noch höchstens acht Tage.»

Veidt, der nahe dabei steht, wird blass bis in die Lippen. Wenn Wark das so offen auszusprechen wagt!

Thea hat scheinbar gar nicht hingehört. Sie zieht einen Zettel aus dem Stoß und hält ihn Veidt unter das kalkige Gesicht. «Stimmt das hier? Oder hat Wark sich verrechnet?»

Veidt stiert mit größter Anstrengung auf das Papier. Die Buchstaben flimmern ihm vor den Augen. «Eine kleine Privatbank. Acht Tage höchstens noch, eine kleine ...»

«Das muss siebzig heißen», bringt er schließlich heraus. Er weist mit dem Finger auf die falsche Zahl und schämt sich elendig seines Zitterns.

Thea nimmt einen Tintenstift zur Hand und verbessert. Sie ist vorbildlich ruhig.

«Eigentlich seid ihr ja gefährliche Burschen, ihr dort an der Börse. Ihr habt zu wenig zu tun. Ihr klatscht zu viel. Auf Klatscherei sollte Todesstrafe stehen, dann gäbe es keine Pleiten mehr. Was ist aus der Großbank geworden, die ihr vor vierzehn Tagen schon zu Grabe geläutet habt?»

Wark lümmelt sich an der Säule. «Abwarten», sagt er und sieht nach oben, als lese er die Zukunft von der Decke ab.

Stohp fummelt an seinem Kassenschalter, weich in den Kniekehlen, übel im Magen.

«Kleine Privatbank ... acht Tage ... Wie viel kleine Privatbanken mag es geben in Berlin?»

Thea wird am Telefon verlangt.

«Ich weiß sogar, wer die kleine Privatbank ist», sagt sie im Abgehen. «Steht bereits in den Mittagsblättern. Meister & Pfau haben zugemacht.»

Wark lutscht auf seiner Zigarre und sieht ihr nach. Dann wechselt er einen kleinen Blick mit Veidt ...

Am Abend dieses Tages macht Brüggemann eine abermalige erhebliche Privatentnahme. Er rafft die Scheine, die Stohp ihm verstört hinzählt, achtlos zusammen und stopft sie sich in die Jackentasche.

Thea sieht nicht auf von ihrer Arbeit, aber sie fühlt sehr wohl, was vor sich geht.

Hinten von seinem Platz sieht Joachim herüber, einen Ausdruck von Wildheit im Gesicht.

Schwartzkopf hüstelt irgendwo in einem Winkel, wo er nicht zu sehen ist. Veidt macht eckige Backenknochen, ohne im Rechnen innezuhalten. Haffke sieht erstaunt und ahnungslos von seinem Hauptbuch auf, weil es mit einem Male totenstill geworden ist im Kassenraum.

Thea macht Tischzeit.

Sie sitzt im Vorgarten des Bräuhauses Ecke Rankestraße. Es ist tüchtig staubig. Die Fahrzeuge der Tauentzienstraße rasen vorüber, der Mittagsverkehr der Fußgänger flutet vorbei, elegant gekleidete Frauen, ihren Freund zur Seite, ihren Hund an der Leine, gepflegt, parfümiert, gut angezogen. Eine ganz andere Menschengattung, denkt Thea.

Sie stochert unlustig in ihrem Gericht, steckt sich bald eine Zigarette an und zieht den Rauch hungrig in die Lungen. Das Katastrophengefühl in ihr will nicht weichen. Ganz selbstverständlich, dass der Kredit aus London eintrifft. Brüggemann ist vorige Woche erst drüben gewesen und hat feste Zusicherungen erhalten. Außerdem bleibt immer noch Siedemann, der Anfang nächster Woche zahlen will.

Die Uhr an der Gedächtniskirche schlägt dröhnend zwei. Brüggemann sieht nicht gern, wenn sie Tischzeit macht. Sie hat ihn gründlich verwöhnt.

Sie überlegt, ob sie eine Taxe nehmen soll. Aber da ist ein Überdruss in ihr, eine heftige, spontane Abwehr, allzu rasch ins Büro zurückzukommen. So geht sie zu Fuß, schlendert mit der Freude einer Frau, die selten Gelegenheit hat, zur Geschäftszeit durch die Straßen zu gehen, an den Schaufenstern vorbei und betrachtet die Auslagen.

Je mehr sie sich dem Lützowplatz nähert, desto stärker wird das Gefühl des Missbehagens. Irgendetwas Scheußliches geschieht heute noch, das ist klar. Sie hat das alles in erschreckendem Maße satt: die Bürde der Verantwortung, die Feindseligkeit der Kollegen, Brüggemanns üble Laune, die Selbstverständlichkeit, mit der er ein ungehöriges Maß an Mehrarbeit von ihr verlangt. Sie hat die Kunden satt, ihr Geschwätz, ihre Gier nach Geld.

Selbst einmal Geld haben! Frei sein, fortkönnen! Wohin? Ganz egal, irgendwohin, wo es drei Begriffe nicht gibt: Bank, Börse, Krise.

Sie muss an den Knaben Joachim denken.

«Was wollen Sie denn eigentlich werden?», hat sie ihn neulich gefragt.

Und er hat mit leuchtenden Augen geantwortet: «Flieger. Da ist man oben nämlich. Ich fliege manchmal sonntags für zehn Mark über Tempelhof. Da ist nichts im Wege, nichts niedrig und schmutzig und eng. Es gibt einen Menschen, Thea, den ich immer beneidet habe, an den ich fast Tag für Tag denke: Gunther Plüschow. Ich habe im Geiste schon hundertmal seinen Flug nach Feuerland mitgemacht. Thea, ich denke mir so oft: Was er war, das könnte und möchte ich auch sein.»

Stattdessen sitzt er nun und bucht Primanota. Warum knechten so eine junge Seele? Warum hineinzwängen in einen Beruf, der ihm gar nicht liegt?

Passt der Beruf zu ihr? Hat sie nicht auch einmal Träume ganz anderer Art geträumt? Lange, lange her. Jetzt liebt sie das fast alles, doch ja, sie liebt die Arbeit an und für sich. Und irgendwie auf eine unbeschreibliche Weise ist auch Brüggemann ihrem Herzen nah.

Er steht so erbarmungslos allein. Ob er ihre Nähe fühlt? Doch wohl, aber in der letzten Entscheidung, der schlimmsten Sorge, der heißesten Inbrunst im Kampf um das, was er erarbeitet und aufgebaut hat, ist er dennoch allein.

Er ist ein anderer seit der Krise im Herbst. Da war es ähnlich wie jetzt. Da murrte und raunte und tuschelte es rings um die Bank. Die Banag machte Pleite. Und das Gespenst des Ruins stand so ungewiss, so hinterhältig, so grauenhaft nah und fern über ihnen genau wie jetzt.

Da hatte Brüggemann aus seinem Privatbesitz ein Paket Aktien geopfert, seine besten. Siemens und I.G. Farben, und die Gefahr war vorüber. Die Liquidität der Bank war wieder hergestellt. Nicht aber Brüggemanns inneres Gleichgewicht. Er ist unstet seitdem, bitter, voller Misstrauen. Er ist böse seitdem und irgendwie unheimlich.

Die Sonne liegt breit über dem Lützowplatz. Am Herkulesbrunnen rauscht das Wasser nieder. Es gibt einen Regenbogen in den Fontänen. Kinder springen um das Becken herum. Vor dem Salon Angèle wird das Sonnenverdeck herabgelassen. Zwei junge Mädchen machen sich kichernd mit langen Stangen daran zu schaffen. Ein junger Bursche ist zehn Schritte von ihnen entfernt stehen geblieben und mischt sich in ihr Gelächter, bis Herr

Bachaly, der rührige Besitzer des Salons, die Mädchen nach innen scheucht.

Der Omnibus 1 schwankt schwer beladen auf die Haltestelle vor der Brüggemann-Bank zu. Fünf, sechs Leute steigen ab. Es entsteht ein kleines Menschengewühl, auf das Thea achtlos hinschaut.

In diesem Augenblick kommt jemand aus der Bank gestürzt, barhaupt, ohne Hut und Mantel. Ein heller Strich von einem Menschen, ein lichter Schopf über sehr rotem Gesicht.

Ist das nicht …? Sollte Joachim jetzt erst zu Tisch gehen? Merkwürdig, die Hast. Schon ist er um die Ecke.

Thea steigt ganz rasch, fast ohne Atem, die wenigen Stufen zur Bank hinan.

Schon im Windfang hört sie den Lärm drinnen.

«Es können noch mehr rausfliegen außer diesen beiden. Packen Sie Ihren Kram und kommen Sie mir aus den Augen!»

Es ist Brüggemanns Stimme. Diese schreiende, brüllende, nahezu kreischende Stimme: Brüggemann.

«Einen Kassierer, der meine Privatentnahmen kritisiert, kann ich nicht gebrauchen.»

Mein Gott, was ist denn Stohp eingefallen! An Brüggemanns Lauterkeit ist nicht zu zweifeln, das hat er damals bei der Krise bewiesen. Er wird wissen, weshalb er diese beträchtlichen Gelder …! Joachim hat sich natürlich eingemischt.

Thea geht rasch hinter Brüggemanns Rücken an ihren Platz. Jetzt sieht sie sein Gesicht. Es ist grau wie Eisen, verzerrt, zerhetzt. Da ist mehr passiert als eine Ungehörigkeit Stohps und Joachims! Nie hat sie Brüggemann so aller Beherrschung bar, so ganz aus den Fugen und allen Grenzen gebracht gesehen. Ob eine Absage aus London ...?

«Und wenn ich jeden Tag hunderttausend Mark entnehme, so geht Sie das einen Dreck was an. Verstehen Sie? Einen Dreck! Die Bank gehört mir, mir gehört die Bank. Mir ganz allein.»

Er schlägt sich bei jedem «mir» an die Brust, dass es dröhnt.

Stohp, wachsgelb im Gesicht hinter seinem Schalter, unfähig, sich zu verteidigen, unfähig, den Schlag abzuwehren – jetzt, jetzt also ist es so weit! Das Ende! Das Ende! – Stohp, die Augen blöde auf Brüggemanns schreienden Mund gerichtet, zählt mit Händen, die ihm nicht gehorchen, Geldpakete vor ihn hin.

«Sie, Veidt, übernehmen die Kasse. Heute noch. Jetzt gleich. Haffke kann Ihren Kram machen. Und ich bitte mir aus, dass die Zuchtlosigkeit, die hier herrscht, nunmehr ein Ende hat.»

Auch Veidt hat keinen Tropfen Blut im Gesicht. Alle sitzen wie versteinert. In Veidts Augen glimmen kleine heiße Fünkchen. Die Prill presst voller Feindseligkeit den Mund zusammen. Schwartzkopf steht hinten am Treppenabsatz. Er wagt sich nicht weiter. Mit vorgestrecktem Kopf späht er herüber.

«Meinen Sie», fährt Brüggemann fort und wendet sich an alle, beherrschter, wenn auch mit schneidender Stimme, «meinen Sie, ich wüsste nicht, welcher Geist der Zersetzung sich hier breitmacht seit einiger Zeit? Ich weiß sehr wohl, dass Sie alle, wie Sie hier sind, mir nicht die unbedingte Gefolgschaft leisten, die allein mir Ihre Arbeit wertvoll machen könnte.»

Veidt taucht seine Feder ins Tintenfass und schreibt etwas auf ein Blatt Papier.

«Ein Personal, das mir nicht bedingungslos zur Seite steht, ist durch jedes andere zu ersetzen. In Notzeiten – und Notzeit ist heute für die ganze Welt – kommt es darauf an, dass alle, vom Chef herab bis zum Fensterputzer», das geht auf Schwartzkopf, den Hieb hat er weg, «den festen Glauben und unerschütterlichen Willen haben, sich zu behaupten. Es gibt heute kein Unternehmen, das nicht zu kämpfen hat um sein Fortbestehen. Mit Feiglingen, Jammerlappen, mit Untergangspropheten und Hysterikern ist ein solcher Kampf bisher noch nicht gewonnen. Solche Leute gehören nicht in ein Bankinstitut. Sollen lieber Hosenträger verkaufen oder Kartoffeln abwiegen. Bei solchen Geschäften schaden Leichenbittermienen und Grabgesänge nicht. Das Bankgewerbe, meine Herrschaften, ist von feinerer Struktur. Ein Gemurmel, und das Vertrauen ist dahin. Vertrauen aber, das ist das eigentliche Kapital der Banken. Wenn ich hier noch je zwei von Ihnen zusammenstehen sehe mit vielsagender Miene und Unheilsgetuschel, ich setze sie unweigerlich an die Luft. Merken Sie sich das.»

Er geht rasch in sein Zimmer, durch eine Atmosphäre der Feindseligkeit und Verstörtheit. Die Tür knallt hinter ihm zu.

Schwartzkopf entschleicht auf Zehenspitzen nach unten.

«Verrückt geworden», murrt er. «Ick sach ja, Nerven. Nischt als Nerven.» Er findet keinen Anklang. Alle sehen auf Stohp, Stohp, der noch immer da steht mit offenen Händen, aus denen Brüggemann ihm die Scheine gerissen.

Er hat noch nichts begriffen. Das Unglück ist auf ihn niedergetrümmert, und jetzt rudert er sich aus der Zertrümmerung heraus. Alles hat er bedacht: dass die Bank schiefgehen könnte ... dass man eines Tages sagen würde: tja, mein lieber Stohp ... dass Brüggemann ihn in sein Zimmer rufen ließe ... so leid es mir tut, Stohp. Es gibt tausend Variationen, aber nicht diese, nicht dies hier, dass er so, mitten in der Arbeit ...

Nun, nun ... seine blicklosen trüben Augen wandern rundum im Raum. Er sieht nicht, dass da Menschen um ihn herum sind, verstört wie er, er sieht keine Gesichter. Er weiß nicht recht, wo er ist, was dieses alles bedeutet, aber dumpf fühlt er die Verpflichtung, sich anzutreiben, etwas zu tun. Er setzt sich instinktmäßig in Bewegung.

Dies geht hier nicht ... so geht es nicht ... so nicht. So kann er nicht hier rausgehen ... so kann er nicht vor seine Kinder treten ... das ist nicht sein Abgang, dies nicht ...

Auf sonderbaren Füßen, irgendwie blind, betäubt, sinnlos geistert er hinter Brüggemann drein.

«Nicht jetzt, Herr Stohp», sagt Thea, als er an ihr vorbeikommt, «lassen Sie ihn noch ... Herr Stohp! Stohp!»

Stohp hört nicht. Er durchwatet eine Wüste, in der es nichts weiter gibt als ebendiese endlose Wüstenei ... keine menschliche Stimme, keine Einsicht, keine Vernunft ...

Er vergisst anzupochen. Er stolpert in die Tür, die er vor sich aufstößt.

Niemand mag hinschauen, als er nach einer Minute schon wieder herauskommt. Es ist unerträglich still, eine folternde, qualvolle, entsetzliche Stille, durch die man Stohp hindurchschlurfen hört. So als öffneten sich die Wände, hört man plötzlich die Zeitungsverkäufer vom Lützowplatz ihre Zeitungen ausschreien.

«Tempo! Tempo, letzte Ausgabe!»

An Veidts Schreibtisch schnurrt der Hausapparat. Veidt wird ins Chefzimmer gerufen.

Er steht auf. Inmitten aller Blicke, die sich auf ihn heften, steht er auf und geht ganz rasch mit zusammengebissenen Kiefern in Brüggemanns Zimmer.

Er weiß sehr genau, was man tun könnte in einer solchen Situation. Man könnte «Nein» sagen, ablehnen. Aber da ist Emma, die wahrscheinlich schon ein keimendes Leben in sich trägt. Da ist die Wohnung, die zweiundachtzig Mark fünfzig Miete kostet jeden Ersten. Da sind die Möbel, die in vierundzwanzig Raten abgestottert werden müssen. Da sind beiderseits alte Eltern und erwerbslose Geschwister. Man sage nicht, dass die Ideale erstorben seien in unserer Zeit. Nur: Ideale sind Luxus, Gesinnung ist Luxus, Kollegialität, alles Luxus.

Er steht drinnen vor dem erzürnten Brüggemann, zum Bersten geladen mit Hass, mit Empörung, mit Aufsässigkeit. Sein Herz schreit: Nein! Sein Herz brüllt: Du bist schlechter Laune, und um deiner Laune willen geht eine Familie zugrunde. Sollen es zwei sein? Auch seine, Veidts noch? Auch die noch, die zu gründen er eben im Begriff ist?

So sagt er: «Jawohl, ja.» Er ist bleich bis in die Lippen, aber er sagt: «Jawohl.» Er zwängt es durch seine widerstrebenden Zähne und weiß, nun ist er unten ... nun wird immer weiter diese klägliche Stimme Macht über ihn haben.

Wenn er nicht Prokurist wird, dann wird er also wenigstens Kassierer: Kassierer sein bei einer Bank, das ist wenigstens etwas. Nicht das, was er gewollt hat. Immerhin: ein Vertrauensposten.

Er geht dann geradewegs auf Stohp zu und sagt: «Wir

müssen anfangen.» Er sieht nicht auf dabei. Er sieht nicht hinein in das alte Gesicht, das sich aufhebt zu ihm mit einem verworrenen, verständnislosen Fragen. Er beginnt, heftig und hastig die Geldsorten zu zählen.

Losheulen könnte man. Aufbrüllen könnte man. Ein Dreck, diese ganze Existenz. So ein Schweinehund ist man, dass man in all seiner Scham dennoch spürt: Gott sei Dank, gesichert! Ein festerer Posten, ein besserer Posten. Vielleicht gibt es eine kleine Gehaltszulage. Das Niedrigste, das Primitivste, die Sorge für die Wohnung, das bisschen Essen und Trinken, zu mehr langt es ja doch nicht, es ist zum Götzen erhoben, zum einzigen Abgott, um den man kriecht und winselt und sich gemeinmacht.

Allmählich wird es halb sechs. In jedem sitzt die fatale Frage, wie sich nun benehmen gegen Stohp? Geht man einfach weg? Sagt man ihm Lebewohl? Oder wie?

Fräulein Prill hat um sieben eine Verabredung und muss vorher noch zum Friseur. Wenn sie zu spät kommt, geht Hermann weg. Das kennt sie schon. Der denkt nicht daran, zehn Minuten nach sieben noch vor Köppke zu stehen.

Sie beginnt, so geräuschlos wie möglich ihren Platz aufzuräumen. Als sie die Rollschränke herunterlässt, so leise und geräuschlos wie möglich, schielt Haffke zu ihr auf. Der hat auch was vor.

Sie ergreift ihr Handtäschchen und geht beherzt hinunter in die Garderobe. Nachher sagt sie hastig im raschen Hinausgehen «Guten Abend» und ist draußen.

Roderich redet hinten in der Registratur sich seine Beklommenheit vom Leibe. «Kann er nicht das Maul halten? Chef ist Chef. Geht ihn nichts an, was der macht. Geht ihn einen Dreck an, da hat der Alte recht.»

Sagt Schwartzkopf: «Trotzdem... det jilt nich, weeß ick doch besser, is jarnich zulässig beim Arbeetsjericht. Hat ja jar keener jehört, was a eejentlich jemeckert hat.»

«Wird schon dufte jewesen sein. Son Dussel!»
Schwartzkopf sieht sich um, ob keener hört.

«Jehnse man 'n Stück weiter weg... sonst kommt der noch raus und sagt, wir tustern ... aber wenn man sich dat ausrechnet, janz scheene Summe, die er so über Eck jebracht hat. Vorje Woche zehntausend ... vorjestern zwanzigtausend ... heute noch mal zwanzigtausend ... das sind schon fuffzigtausend in de Hosentasche. Wenn wa jetzt Pleite machen, vastehste ... dann sind wir pleite... Sie und icke und was die andern Anjestellten sind ... und die Kunden sind pleite ... und de kleenen Sparer, aber nich der Herr Brüggemann, vastehste?»

«Mappe Lohmeyer», sagt Thea gefährlich nah.

Schwartzkopf lässt vor Schreck seine Ablegepost fallen. Die ganze Korrespondenz wirbelt ihm durcheinander.

«Ach du tausend ... ick sag schon ... entschuldigen Se, Fräulein Iken ... aba der Schreck, wo eem so in de Jlieder jefahrn is, dass der das so fertigjebracht hat, der Stohp, dem Chef so wat ins Jesichte zu sagen ...»

Roderich macht, dass er wegkommt.

Auch Veidt muss gehen. Emma wartet mit dem Essen. Gestern hat sie auch zweimal Kartoffeln ansetzen müssen. Kostet bloß unnütz Gas. Außerdem will er heute den Küchenschrank streichen. Im Schlafzimmer müssen die Gardinen endlich aufgesteckt werden.

Was soll er nun sagen zu Stohp? Was sagen Männer zueinander in dieser Lage? Was sagt Veidt, der hochgeschmissen ist durch Stohps Entlassung zu dem, der weichen muss?

Gar nichts. Immer das Beste: gar nichts.

Böse, verbissen, erleichtert, als er an die frische Luft kommt, macht Veidt, dass er nach Hause kommt.

Sie alle haben ihr schlechtes Gewissen ganz umsonst. Stohp merkt nicht, dass er alleingelassen wird. Weiß nicht, dass er übrig bleibt. Er merkt auch nicht, dass die Deckenbeleuchtung ausgeschaltet wird. Er merkt nicht, dass dieser Tag, dieser letzte Tag in der Bank zu Ende ist.

Er wartet, wenngleich ohne Hoffnung, auf etwas, das sich erfüllen möge.

Er wird morgen noch mal mit Brüggemann reden. Gleich ganz früh, sofort wenn er kommt. Denn dies, dies ist doch nicht möglich. Was hat er überhaupt gesagt? Was denn? Was denn nur? Er besinnt sich nicht. Irgendeiner seiner vielen unruhevollen Gedanken ist da aus ihm herausgesprungen und hörbar geworden. Er weiß nicht, welcher.

Thea tritt an ihn heran, wie er dasitzt, schwer, zusammengerutscht, ein bisschen verblödet, ausgeleert bis auf den letzten Rest.

«Gehen Sie nach Hause, Herr Stohp», sagt sie. «Es ist alles nicht so böse, wie es im ersten Augenblick aussieht.»

Sie legt ihm die Hand auf die Schulter. Und aus dieser Geste begreift er vieles.

Er erfasst das Endgültige, da sie ihn sanft hinaustreibt. Aber wo soll er denn bleiben mit seinem Leben, wenn nicht in der Bank? Wo soll er denn hin mit sich, wenn er hierher nicht zurückdarf? Wo bleibt man mit sich, wenn man keinen Dienst mehr hat? Da hat man nun dreißig Jahre lang nichts anderes getan, Tag für Tag, von morgens bis abends, und nun soll er plötzlich keine Arbeit mehr haben?

Thea stützt ihn, als er unsicher sich auf die Beine stellt. «Ist das Ihr Schrankschlüssel? Warten Sie, ich hole Ihnen Ihren Mantel.»

Sie rafft unten im Schrank seine paar Habseligkeiten zusammen, Mantel, Hut, Handschuhe, eine Tasse, einen angeschlagenen Teller.

Sie bringt alles nach oben. Sie zieht Stohp den Mantel an. Sie schickt Stohp nach Hause.

Er trottet ab, ganz folgsam. Bis zur Eisenacher Straße ist es nicht sehr weit, von den Straßenkreuzungen abgesehen.

«Auch ich werde einmal alt», denkt Thea. Es ist ein Gedanke voll tiefen Abgrunds.

Heimlich ruft sie in der Villa Brüggemann an. Nein, der junge Herr ist nicht dort.

Sie geht zu Brüggemann hinein.

Der schreit sie an: «Kein Wort!»

Die Polizei anzurufen, wagt sie nicht. Arbeiten mag sie auch nicht mehr. Genug mit diesem Tage!

Zentnerlasten an den Füßen, steigt sie die Treppe zur Garderobe hinunter.

Unten ist es fast dunkel. Das elektrische Licht flackert. Ihr Schatten wandert über die Gitterstäbe des Scherengitters, hinter dem pechschwarz der Tresor liegt.

Es ist sehr still hier unten. Und irgendwie ist es sehr unheimlich.

Wo der Spiegel hängt, reicht das Licht der winzigen Birne nicht hin. Thea kann sich im Spiegel nicht sehen.

Sie stellt sich unter die Lampe, in die Mitte des Raumes, den Rücken gegen das Gitterfenster gekehrt, und hält sich ihren kleinen Handspiegel vors Gesicht. Sie sieht sich kaum. Es ist eine Gewohnheitshandlung.

Aber plötzlich ist da ein zweites Gesicht in dem kleinen Rechteck des Spiegels, ein schwarzes, verstecktes, lauerndes Gesicht.

Sie will schreien, bekommt keinen Laut aus der Kehle. Der Spiegel klirrt zu Boden. Sie greift nach hinten, knickt gegen die Wand.

«Na wat denn, wat denn, wat denn», sagt eine Stimme im Fensterschacht.

Es ist Schwartzkopf. Kaum glaublich: diese bösen, glitzernden Augen, dieses funkelnde lauernde Gesicht: Schwartzkopf, der nun mächtig lacht.

«Muss doch nachsehen, wenn hier Licht brennt. Hat doch jetzt hier keen Licht mehr zu brennen.»

«Gott, Schwartzkopf, wie haben Sie mich erschreckt.

Natürlich, ja ... ich bin dumm ... aber gerade da durchs Fenster zu gucken ... Wie machen Sie das überhaupt? ... Wie kommen Sie denn mit dem Kopf in den Schacht?»

«Janz eenfach, leg mir auf'n Bauch und guck rin ... kann doch nich jedes Mal erst rumloofen und aufschließen, wenn da Licht brennt, noch mitten in de Nacht. Sehnse, hier jeht das eens, zwee, drei. Is doch jarnischt, is doch überhaupt nischt.»

Nein, es ist wirklich nichts. Es wäre wirklich nichts, wenn dieser Tag nicht geladen wäre mit Unheil.

Stohp ist auf seinem Nachhausewege, diesem einen, einmaligen Nachhausewege, den er tausendmal vorausgedacht, vorausgefühlt, vorausgefürchtet hat.

Er hat dann immer die Vorstellung von rasender Verzweiflung gehabt, von Selbstmordgedanken für die ganze Familie. Nichts dergleichen: In ihm ist Ruhe. Endlich ein Ende. Die ewige Angst, die ständige Furcht, das Bangen, Zittern, Zagen: zu Ende. Mit einem dumpfen Gefühl der Entlastung trottet er seines Wegs, stumpf, dumpf, ein wenig trunken.

Die Leute sehen ihm nach.

Er geht sehr geradeaus wie ein Schlafwandler auf der Dachrinne.

Links vorbei, rechts vorbei an ihm rennt die Straße. Alles wie immer, alles geht weiter. Bisschen kunterbunt. Aber immerhin: Die Welt bleibt bestehen. Lachen, Schreien, Licht, Plakate: der Nollendorfplatz. Autos hupen, Straßenbahnen bimmeln. Die Weichen kreischen. Aus der Untergrundbahn strömen Scharen eiliger Menschen.

Stohp wird angeschrien ... lächelt einem Schutzmann ins Gesicht ... salutiert am Hutrand ... torkelt weiter.

Wieder Straße. Aber welche? «Billige Strumpftage.» – «Heringe nur acht Pfennig das Stück.» – «Esst Obst und ihr bleibt gesund.»

Die Hilde ist so überarbeitet. Die ist die Erste, die Theater macht. Und Albert wird sich in seinem Zimmer einriegeln, wie damals, als er durchs Abitur gefallen war. Man wird wieder Angst haben, dass er sich was antut. Wozu muss er auch eine Pistole haben? Das kommt davon, wenn man ihn immer in die Partei rennen lässt.

Stohp bleibt stehen. Er steht vor dem Modesalon von Agnes Hartinger und starrt auf die Mohnblume an einem schwarzen Georgettekleid. Er hört den Schuss ... er hört den Aufschrei der Mutter. Er hört Balken krachen, sieht Wände wanken ... er sieht Tische, Stühle stürzen. Mein Gott, es ist ja zu Ende, zu Ende mit ihnen allen. Er ist ja rausgeschmissen. Er verdient ja nichts mehr. Und die Mutter hat ein krankes Herz. Da wird sie wieder liegen die ganze Nacht und Umschläge machen.

Aber dann kommt es ganz anders.

Die Familie sitzt gerade beim Abendbrot, als der Vater nach Hause kommt. Erst haben sie noch gewartet, aber länger als bis neun warten sie nie.

«Stimmt sicher wieder der Abschluss nicht.» Albert murrt etwas dagegen. Die Mutter, hager, verarbeitet, verhärmt, horcht immer wieder nach draußen.

Es gibt Graupensuppe und Butterbrot dazu.

An der Korridortür wird geschlossen. Sehr umständlich.

«Bitte mal das Brot.» – «Danke.»

Was macht der Vater so lange da draußen? Ins Schlafzimmer ist er nicht gegangen.

Keiner fragt. Keiner spricht. Sie löffeln ihre Suppe.

Der Vater kommt nicht herein. Es ist, als stände er hinter der Tür. Sie fühlen ihn geradezu hinter der Tür stehen. Man kann nicht gut hinausgehen, nachsehen. Nein, das kann man nicht.

Schließlich geht die Tür auf, ganz plötzlich, als die Spannung schon anfing, unerträglich zu werden. Nur die Mutter wendet den Kopf. Die Kinder nicht. Sie wissen alles, auch ohne hinzusehen.

Der Vater sagt nicht «Guten Abend». Er sieht aus wie blind. Er kommt ins Zimmer mit der Unsicherheit und Verwirrung eines Menschen, der plötzlich nicht mehr sehen kann.

Wenn sie vielleicht aufgehört haben zu essen, jetzt senken sie den Löffel wieder in die Suppe. Die Frau nimmt Vaters Teller. Sie schöpft ihm die Suppe auf, streicht ihm eine Schnitte. Die Kinder kauen langsam, in tiefem Nachdenken.

Keiner sieht zu, wie der Vater isst, wie er den Löffel hält, wie viel vom Löffel herunterläuft, wenn er ihn an den Mund bringen will.

Gleich nach dem Essen steht Hilde auf und sagt wie immer: «Ich hab noch zu arbeiten. Gute Nacht.» Man hört sie dann in der Kammer chemische Formeln hersagen.

Albert sagt: «Ich geh nach der Partei. Leg den Schlüssel unter die Matte, Mutter.»

Die Mutter sagt: «Komm nicht so spät nach Haus. Und nimm dich in Acht. Die ganzen Zeitungen stehen wieder voll.»

Der Vater sitzt in der Sofaecke und stiert vor sich hin.

Mutter räumt den Tisch ab. Sie geht lautlos hin und wieder. Sie fegt die Krümel vom Tischtuch, legt die Plüschdecke auf, stellt die Vase aus Bad Pyrmont in die Mitte. Alles wie sonst.

Dann langt sie nach ihrem Stopfkorb, auch wie sonst, aber sie setzt sich nicht an den Tisch unter die Lampe. Sie setzt sich neben den Mann und zieht den Faden durch die großen Löcher in Alberts Strümpfen.

«Mit Pension?», fragt sie nach einer Weile, und ihre Stimme ist ganz hoch vor Angst.

Und nach langer Mühe, während welcher ihr krankes Herz wirr und schmerzvoll flattert, antwortet Stohp, denn erst allmählich hat die Frage ihn erreicht: «Ja.»

Mehr ist vorerst nicht zu fragen und zu sagen.

Thea tritt auf die Straße, übermüdet, überhungert. Sie fühlt sich auf unbeschreibliche Weise ausgeleert und erschöpft.

Als sie geht, sitzt Brüggemann noch in seinem Zimmer, einsam im Lichtkreis seiner Schreibtischlampe, die Stirn in die Hand gestützt, vor sich die Aufstellung der Kredite, die man vielleicht mit einiger Aussicht auf Erfolg zurückfordern könnte.

Ob tatsächlich ernste Gefahr droht? Ach, es ist schwer zu erkennen. Sie ist nicht mehr, vorerst, als eine Ahnung im Wind, ein Gespenst im Rücken. Dreht man sich um, ist es nicht vorhanden, schließt man die Augen, schnellt es gigantisch empor.

Thea fühlt sich nicht imstande, nach Hause zu gehen. In der Banalität des möblierten Zimmers, in der Sphäre von Bürgerlichkeit und Alltag ist das Gespenst am heftigsten gegenwärtig.

Der Abend hingegen ist zauberisch: lau und durchduftet. Es ist fast still auf dem Lützowplatz. Die Linden stehen schwarz gegen den Himmel. Bogenlampen hängen darin wie gelbe Lampions. Die Rasenflächen, von künstlichem Licht übergossen, breiten sich hin in einem fantastischen Grün. Um die Schaufenster des Salon Angèle laufen violette Lichtschlangen.

Ein Mädchen lacht neben Thea auf, eingehängt in den Arm ihres Freundes. Ein paar Schritte weiter entsteigt eine Dame ihrer Limousine. Sie winkt zu einem erleuchteten Fenster empor, von dem augenblicklich ein Schatten zurücktritt. Im Treppenhaus werden alle Fenster hell.

Wie gut das täte, von einem geliebten Menschen erwartet zu werden, jetzt, an einen gedeckten Tisch treten zu dürfen.

Thea denkt voller Abwehr an die Geschwätzigkeit der alten Kirstein. Hat sie Pech, platzt ihr die Kirstein schon im Korridor entgegen. «Nun, Fräulein? Wieder so fleißig gewesen?»

Hat sie Glück, ist die Wohnung leer. Dann darf sie allein in der kahlen Küche sich etwas Wasser heiß machen für ihren Tee. Ein paar Schnitten, die Zeitung, eine Zigarette. Schluss der Vorstellung.

Nein, nein. Sie kehrt hastig um, beschließt, in einem Lokal zur Nacht zu speisen. Aber als sie auf diese Weise wieder an der Bank vorbeikommt, aus der ein einsamer Lichtschein sie grüßt, da ist auch dies nicht mehr möglich, da ist ihr die Kehle wie zugewürgt.

Einen Herzschlag lang erwägt sie den Gedanken, hineinzugehen und Brüggemann um die Schulter zu fassen. Ja, genau dies wünscht sie sich in diesem Augenblick mit unbegreiflicher Heftigkeit. Aber als sie sich der Tür nähert, erlischt drinnen das Licht. Sie flüchtet quer über den Platz, von der Hast ihrer Flucht peinlich beschämt.

Es ist so schwierig mit Brüggemann. Lange Jahre waren sie einander nah. Es gab da Momente des Gleichschritts, die unendlich beglückend waren.

Damals, als ihnen das Geschäft mit der Hindag geglückt war! Später, als der erste Verdacht gegen den Bevollmächtigten Koralus auftauchte! In aller Verborgenheit hatten sie den Umfang der Unterschlagungen aufgedeckt. Nicht einmal die Angestellten hatten etwas erfahren, kein Wort war an die Öffentlichkeit gedrungen.

Und die vielen Nachtstunden bei einträchtiger Arbeit, ihre langen, vertrauten Gespräche! Hatte er ihr nicht sein einsames Leben erschlossen, hatte er sie nicht, als Einzige, hineingelassen in seine Einsamkeit? Hatte sie ihn nicht – geliebt aus einem tiefen, tröstenden Mitleiden heraus?

Jetzt trieben sie immer weiter auseinander. Seit jener Krise im Herbst verschloss er sich, war misstrauisch, unaufrichtig. Ja, ganz klar erkennt sie in dieser Sekunde: Er verwehrt ihr den letzten Einblick in das Getriebe der Geschäfte. Er arbeitet viel im Verborgenen, Versteckten. Es tut schneidend weh, darüber nachzudenken.

Aber was gilt die kleine Zurücksetzung gegenüber der Möglichkeit einer ernsten Gefahr.

Wenn einige hundert Menschen ihr Geld, ihre Existenz verlieren, die Sicherung ihres Alters, wenn zahlreiche Firmen, ihre Inhaber, ihre Angestellten, ihre Geschäftsfreunde und alle, die wiederum mit diesen verknüpft sind, in den Abgrund gerissen werden, was gilt es dann, dass auch sie verliert, wofür sie treu und aufopfernd gedient hat?

Thea hat unbewusst den Weg nach dem Tiergarten eingeschlagen.

Und warum dies alles? Weil irgendwo ein Fehler sitzt im Weltwirtschaftsgetriebe. Haben sie nicht, sie alle, gearbeitet und gestrebt? Haben sie nicht ihre Pflicht getan und vieles darüber hinaus? Und die Menschen, über deren Haupt das Verhängnis der Bank kommen wird, sind sie nicht fleißig, ordentlich, sparsam gewesen?

Als Thea die Friedrich-Wilhelm-Straße überquert, streift ein Wagen dicht an ihr vorbei. Der Chauffeur lehnt sich heraus und ruft ihr ein Schimpfwort zu.

Dann steht sie am Straßenübergang und wartet. Der Damm ist leer. Fängt sie jetzt an, konfus zu werden wie der alte Stohp?

Erst viel später, erst als das Dunkel des Tiergartens sie beschwichtigt, erinnert sie sich ungewiss, Joachims hellen Mantel unter einer Laterne gesehen zu haben. Sie bleibt stehen. Richtig, Joachim. Auch dies noch. Es kommt alles aufeinander. Nichts zu sehen.

Auf den Parkwegen ist es finster. Aber das Dunkel lebt, atmet, flüstert. Wo eine Laterne Helligkeit ausbreitet, erkennt man die Umrisse verschlungener Pärchen. Sie stehen an den Wegen, sie sitzen auf den Bänken, sie liegen unter den Büschen. Die Nacht ist voll von ihrer Brunst.

Es ist ja Sommer, und viele Liebe hat keine Stätte. Irgendwo fern schreit ein Tier oder ein Weib. Es klingt wie beides. Thea drückt sich an einen Baum, als sie Stimmen hört. Keine guten Stimmen. Jemand leuchtet mit einer Blendlaterne ins Gebüsch. Rohes Gelächter.

Thea hat für den Bruchteil einer Sekunde die Umarmung zweier Menschen gesehen, nein, nur die fast leidvoll verzückte, unendlich hingegebene Gebärde einer Frau, über die ein Mann gebeugt war.

Abgestoßen und aufgewühlt zugleich hetzt sie weiter. Sie hat die Richtung verloren. Wo es hell schimmert zwischen den Dunkelheiten von Bäumen und Sträuchern, muss die Tiergartenstraße sein.

Wie lange ist es her, dass sie geküsst hat, umarmt, umfangen? Sie ist nicht mehr weit von dreißig, eine Frau im Zenit ihrer Lebenskraft. Aber ihr Leben ist nichts, nichts als Arbeit. Über der ewigen Arbeit hat sie alles andere verloren. Sie wird früh verbraucht sein, bald altern ...

Es ist ein Moment tiefster Mutlosigkeit, in dem sie den schleichenden Schritt hinter sich wieder hört.

Sie erschrickt ... bleibt stehen ... Auch der Schritt hält inne.

Fernes Hupensignal ... Rascheln im Gebüsch ... Stille ...

Eine Platane wirft ihren dicken schwarzen Schatten über die blasse Spur des Wegs ... ein Schatten in diesem Schatten.

«Joachim?», ruft sie leise ... «Sind Sie's, Joachim?»

Ja, es ist Joachim. Er bricht augenblicklich aus seiner Verborgenheit hervor.

«Thea, Thea! ...»

«Was ist denn, Joachim, Kind, Junge!»

«Ich dachte, Sie hätten eine Verabredung hier... Ich war ganz von Sinnen ... Thea! ...»

Sie fällt gegen einen Baumstamm hin von der Wucht seines Anpralls.

«Nicht doch, Joachim ... du tust mir weh, Kind, Kind!»

«Nicht mich wegjagen, Thea ... Ich kann ja nicht mehr, ich kann ja nicht mehr ... Es ist ja alles nur deinetwegen, die ganze Qual, die ganze Verzweiflung ...»

Sie fängt seinen Kopf ein, drückt ihn sich fest gegen die Brust, aufs Tiefste erschreckt und erschüttert ...

«Joachim, kleiner dummer Joachim ... Was sind das für Geschichten ... Nicht weinen, nicht doch weinen, Joachim.»

Am nächsten Morgen, dem Morgen nach einer schlimmen, glühend verworrenen unfasslichen Nacht sitzt Thea wieder an ihrem Platz in der Bank. Ein wenig unbegreiflich, ein wenig unwirklich. Man sollte besser nicht hier sitzen. Man sollte verreisen, irgendwo am Strand in sehr heißer Sonne liegen oder auf einsamen Bergen umhersteigen; Schneegipfel, Anstrengung, Mühe, dünne Luft. Man sollte sich vielleicht in ein Flugzeug setzen. Joachim hat recht. Ganz nach oben, so hoch es geht.

Aber man sitzt hier und sieht die Post durch. Zwischen den Postsachen liegt ein Brief an sie selbst. Frau Thea Iken. Wie unbeherrscht die Handschrift auseinandergezogen ist! Wie hat er das gemacht, der Junge, dass jetzt schon ein Gruß ... Also hat er gleich geschrieben ...

Sie steckt den Brief schnell in ihre Handtasche, sortiert weiter, liest nur mit den Augen, was dort geschrieben steht, unterstreicht hier eine Zahl, dort einen Namen. Joachim ist nicht gekommen. Nein, er soll nicht mehr her in die Bank. Sie hat ein paar Tausend Mark gespart. Sie notiert auf ihren Block «Luft Hansa». Sie muss nachher die Luft Hansa anläuten wegen einer Ausbildung als Flieger.

Sie hantiert an ihrem Schreibtisch, der Brüggemanns Zimmer vorgelagert ist. Von hier übersieht sie bequem den ganzen Raum. Aber auch sie wird von allen gesehen. Und während sie liest, stempelt, die einzelnen Schreiben in ihre Mappen verteilt, spürt sie die Blicke aller an sich haften.

Schaut sie auf, so sind alle beschäftigt, senkt sie den Kopf, so blicken alle auf sie hin.

Die Anweisung aus London ist nicht gekommen. Schon ist es wieder da, das Gespenst. Thea ist eine Frau im Beruf. Sie hat nicht zu träumen. Der Traum sinkt in die Tiefe. Dort singt er sein kleines, weh-süßes Lied.

Veidt, mit hartem Gesicht, arbeitet am Kassenschalter. Stohp ist bereits vergessen. Wann war das eigentlich mit Stohp?

Veidt, Roderich, die Prill, Schwartzkopf, alle haben gesehen, dass Thea einen Brief weggesteckt hat.

«Das war er», murrt Schwartzkopf.

Veidt überrechnet den Kassenbestand. Natürlich reicht er nicht aus, wenn ...

Auch Veidt, der verfinsterte fanatische Veidt, hat heute den Blick nach innen gerichtet. Aber er sieht andere Bilder als die, die Thea umgaukeln.

Er sieht hinein in wahnwitzige, schreiende, wilde Gesichter, er sieht einen Lanzenwald drohend gereckter Arme, er sieht Hände greifen nach seinem Geld, raffende, gierige, rasende Hände. Er hört Fenster klirren, er sieht die Steinwürfe einer erregten Menge, er fühlt sich gestoßen, ergriffen, zerrissen, niedergetrampelt. Er hat die grauenhafteste Vision des Bankmanns: Er sieht den Run.

Schwartzkopf schlurft von einem Platz zum andern. Er verteilt die Postmappen, tuschelt, hüstelt, hat nichts gesagt. Er hat die Eigenschaften aller Kassenboten, er ist geschwätzig und allwissend. Abends, wenn alle fort sind, studiert er die Korrespondenz anhand der Ablegepost von A bis Z. Er versteht nicht alles, was er liest, aber er weiß schwer Bescheid.

Am Devisenschalter werkt Haffke, heute zum ersten Male, hochrot die abstehenden Ohren, aber die Augen freudig erhellt.

Er hat nicht die beste Ausbildung genossen, der brave Haffke. Er hat auch nicht gerade das Schießpulver erfunden. Er muss sich verdammt ranhalten jetzt die ersten Tage. Keine Aussicht, abends rechtzeitig fortzukommen. Keine Aussicht, mit Hanni abends spazieren zu gehen. Schlimm für ihn, schlimm für Hanni, denn sie sind jung und haben nichts weiter als ihre Liebe. Aber der Dienst geht vor. Und wie der Dienst vorgeht!

Er hat schlimme Wochen hinter sich, der helle, frohe, brave Haffke, Elendswochen, von denen keiner was wusste, keiner was ahnte, die er ganz allein in seiner kleinen geängstigten Seele tapfer und unglücklich durchkämpfte.

Er ist nicht voll beschäftigt gewesen in letzter Zeit.

Roderich riss alles an sich. Es ist furchtbar, wenn man überlastet ist, wenn man durch seine Arbeit nicht durchkommt, wenn man sich kaputtschindet, aber nichts zu tun haben, das ist tausendmal entsetzlicher. Er hat sich so unauffällig gemacht wie möglich. Er ist dem Chef aus dem Wege gegangen und erst recht dieser unheimlichen Iken. Er hat geschrieben, geblättert, emsig gemurmelt. Er hat kolossal betriebsam getan und des Nachts geträumt, sein Paddelboot versacke im Müggelsee.

Mit diesem Paddelboot hat es seine besondere Bewandtnis.

Haffke stammt von der Wasserkante. Sein Großvater ist noch mit dem Fischerkutter aufs Haff gefahren. Sein Vater hat auf der Nehrung ein kleines Gehöft. Man versteht nicht – und Haffke selbst am wenigsten –, wie dieser Junge auf den Büroschemel geraten ist, hinter die Zahlenkolonnen, in das schwierige Gewerbe der Finanziers.

Er hat ein Paddelboot seit drei Wochen und treibt nun Seefahrt auf seine Art. Natürlich ist das Paddelboot nicht bezahlt. Er stottert ab in Raten zu zwanzig Mark monatlich. Eine schlimme Sorge für einen kleinen Buchhalter, der nicht viel verdient und sehr ehrlich ist. Eine schlimme Sorge für jemand, der sich nicht voll beschäftigt fühlt.

Aber nun ist der Alb runter von seiner Brust. Nun ist er Devisenmann. Und wenn die Sache mit Stohp auch furchtbar traurig ist, sie hat ihn rausgerissen. Er hat gleich gestern Abend eine genaue Abzahlungsaufstellung gemacht. Wenn er mächtig spart, kann er zu Weihnachten vielleicht ein Klepperzelt kaufen und einen Schlafsack für Hanni, weil sie so leicht Halsschmerzen kriegt.

Die Kaffeegroßrösterei Untzer braucht Dollars für zweihundert Sack Santiago-Kaffee. Mit Untzer ist nicht zu spaßen. Heikler Kunde, an dem viel verdient wird. Am Kopf seines Kontos steht, fein säuberlich, mit kalligrafischer Schrift auffällig in der Ecke vermerkt, «Bevorzugt behandeln».

Haffke hat vor sich eine Liste der Geschäftsfreunde und Bankverbindungen liegen, mit denen gearbeitet wird. Veidt hat sie in aller Eile aufgestellt. Wo beziehen wir Dollars her?

Er fährt eifrig mit dem Zeigefinger die Reihen der Namen entlang.

Dollars? Dollars? Halt. Würtberg. Würtberg: Bavaria elfsechsundsiebzig.

Er setzt die Drehscheibe in Bewegung: eins ... eins ... sieben ... sechs.

«Würtberg.»

«Hier Brüggemann Sohn. Bitte Herrn Peter.»

«Am Apparat.»

«Herr Peter, wir brauchen viertausend Dollar ... Wie bitte? ... Jawohl, viertausend.»

Herr Peter sagt: «Einen Moment bitte.»

Haffke, den Hörer am Ohr, lässt seinen blauen Blick um und um wandern. Der Veidt guckt rüber, als wenn er das nicht zuwege brächte hier. Ob er's auf der Lunge hat, der Veidt? Sieht miserabel aus!

Im Apparat hört man Tapsen von Schritten.

«Wie bitte? ... So, Sie haben keine! ... Danke, sehr schade. Auch morgen nicht? Es hätte eventuell Zeit bis morgen.»

Nein, das Bankhaus Würtberg hat auch morgen keine Dollars für Brüggemann Sohn.

Also ein anderer.

Haffke fährt wieder mit seinem eifrigen Zeigefinger die Namenkolonne entlang.

Werden wir gleich haben. Werden wir sehr schnell haben. Im Sommer machen sie eine Paddelfahrt nach Masuren.

Bei der Niederländischen Bank hat Brüggemann auch ein Dollarkonto. Komisch, auch die Niederländische Bank hat augenblicklich keine Dollars.

Das kommt von der verdammten Kapitalflucht. Alles kauft ja wie verrückt Devisen. Wo sollen auch all die Dollars herkommen mit einem Male? Haffke fängt an zu schwitzen. Gerade wo Untzer die Dollars braucht und er den ersten Tag im Devisengeschäft sitzt! Er wird nachher Veidt mal fragen, ob das immer so ist. Am Ende muss man zureden. Vielleicht gibt es da einen besonderen Kniff. Der Veidt ist imstande und hat ihm den Kniff nicht gesagt.

Jetzt ist Hartung in Hamburg dran. Dazwischen bedient er die Kunden. Ihm raucht der Kopf, dem Haffke. Er weiß nicht recht Bescheid mit den Formularen. Die Kunden werden schon ungeduldig. Er hätte lieber die Kasse gehabt. Weiß Gott, die Kasse zu haben ist viel leichter. Der Veidt kann einfach dastehen und ihn fixieren. Der hat am Ende noch seinen Spaß daran, wie er hier rudert.

Es dauert zwanzig Minuten, da ist die Verbindung mit Hamburg hergestellt. Eine vertrackte Geschichte. Donnerwetter noch mal. Heute scheinen in der ganzen Welt die Dollars ausverkauft zu sein.

«Aber ich brauche sie furchtbar dringend für einen wichtigen Kunden und kann hier keine aufbringen», schreit Haffke, ahnungslos, was er damit für einen Unfug anstiftet.

Wie kurz der Kerl war! Was nun?

Haffke lässt seine Leute vor dem Schalter stehen und stelzt rüber zu Veidt.

Wie er Veidt so recht ins Gesicht sieht, wird ihm etwas wunderlich. Ganz bestimmt hat der es mit der Lunge. Und was hat er bloß die ganze Zeit zu ihm herübergestiert?

«Mensch», sagt Haffke, «die haben alle keine Dollars.»

«Haben keine?»

Veidt lacht.

«Würtberg nicht und die Niederländische nicht und Hartung ... Wen rufe ich nun bloß noch an?»

«Keinen.»

«Aber wir brauchen doch Dollars, irgendwo werden doch wohl noch Dollars aufzutreiben sein.»

«Ich sage: keinen. Es hat keinen Zweck.»

«Gibt es …?» Haffke kommt ein fürchterlicher Gedanke. «Hat… hat das was zu bedeuten?», fragt er unsicher.

In seinem Jungengesicht erlischt das freudige Rot. Seine Ohren werden ganz blass und gelb. Ade Paddelboot … ade Klepperzelt … ade Sommer in Masuren!

Thea Iken kommt von der Registratur. Veidt, der sie nie anredet, der sie ausstreichen, ausschalten möchte, der nur widerwillig ihr antwortet und immer in wegwerfendem Tone, Veidt sagt: «Einen Moment, Fräulein Iken, wir können nirgends Dollars auftreiben.»

«Wer braucht Dollars?»

«Untzer.»

«Wie viel?»

«Fünftausend.»

«Wen haben Sie angerufen?»

«Würtberg, Niederländische.»

«Hartung?»

«Hartung auch. Hartung war sehr kurz.»

Thea sagt: «Nicht weiter schlimm. Die Reichsbank hat gestoppt. Ich spreche mit Untzer.»

Sie nimmt die Auszahlungszettel zur Hand, die bei Veidt liegen. «Wie viel ausgezahlt bis jetzt?»

«Dreitausend ungefähr.»

«Reichen wir mit dem Bestand? Es kann sein, dass das Publikum unruhig wird wegen der Deviseneinschränkung.»

Haffke hat keinen Blick von Theas Gesicht gelassen.

Die ist vollkommen ruhig. Das scheint hier ein Privileg der Kassierer zu sein, dass sie unken. Kaum ist der Stohp raus, da fängt der Veidt an. Brüggemann hat ganz recht. Wer miesmacht, muss raus. Der Schreck sitzt ihm noch in den Gliedern. Herrgott, wenn man jetzt rauskäme aus der Stellung. Man käme ja im Leben nicht wieder rein bei der Arbeitslosigkeit!

Die zweite Post bringt auch keine Nachricht aus London. Sie bringt allerlei Unliebsames.

Fräulein Zarenka kündigt ihr Konto und bittet, den Betrag durch Postanweisung zu übermitteln. Fräulein Zarenka ist Buchhalterin bei Bösler & Wild nebenan. Sie hat an ihren achtzehnhundert Mark zehn Jahre lang gespart. Es ist nicht anzunehmen, dass sie den ganzen Betrag jetzt vergeuden will.

Herr Pauli, Lützowplatz acht, bittet um Überweisung von zehntausend Mark nach Bad Elster. Bisschen viel, zehntausend Mark für eine Kur in Bad Elster. Vor vierzehn Tagen hat er fünftausend Mark abgehoben. Viel wird er nicht mehr draufhaben auf seinem Konto.

Am auffälligsten aber ist, dass Herr Hölzer aus Cottbus sein Effektendepot anfordert. Hölzer, Hölzer? Richtig, ein ziemlich umfangreiches Depot, das er vor Jahren der Bank zur Verwaltung übergeben hat. Ein Kunde, den man nie gesehen hat auf der Bank, der sich nie kümmerte um seine Effekten, der seine Zinsen bekam, und damit fertig. Jetzt schreibt er einen aufgeregten Brief. «Komme persönlich nach Berlin. Bitte, unbedingt bereitlegen.» Unbedingt ist dreimal unterstrichen. Da ist gar nichts zu machen, das Publikum ist unruhig. Und die Unruhe zieht immer gefährliche Folgen nach sich. Keine Dollars. Keine Dollars. Wenn bloß Brüggemann erst käme. Wo bleibt er nur den ganzen Tag. Und keine Nachricht aus London. Morgen braucht Grubbe das Geld. Thea erschrickt durch und durch, als ihr Grubbe einfällt. Jetzt ist sie wach. Weg, ausgewischt, nicht gewesen der Rausch der Nacht. Hat Brüggemann die Zahlung an Grubbe bedacht? Er hat nicht davon gesprochen. Es muss mit London telefoniert werden. Sie ist unsicher, ob sie es wagen kann. In so heiklen Momenten kann jedes Zeichen einer Unsicherheit unermesslichen Schaden anrichten.

Draußen fährt der graue Cadillac von Frau Poldi Reichermann vor. Sie braucht sofort ihr Geld. Sie hat sich entschlossen, nach der Schweiz zu ziehen. Sie ist deutschlandmüde, wie sie affektiert gesteht. «Die Schweiz ist amüsanter und galanter.»

«Die Schweizer Steuerbehörden», meint Thea.

«Richtig, richtig. Was für gescheite Menschen ihr Bankleute seid.» Der Blaufuchs liegt ihr in kühnem Schwung um den Rücken. Sie greift mit ihrer gepuderten Hand hinein. Ihre Nägel sind blutrot lackiert. Die Spitzen sind weiß geblieben. Natürlich, die Spitzen färbt man nicht mit. Die Krallen bleiben nackt. Es sieht scheußlich aus, aber es passt zu Frau Poldi.

«Ich brauche das Geld sofort», sagt sie. «Man will alles in Ordnung haben. Das geht doch zu machen, ohne Weiteres. Ich trage den Zinsverlust.»

Thea sagt: «Sie haben vierteljährliche Kündigung, gnädige Frau.»

«Und wenn schon, jede seriöse Bank ...»

«Gewiss, gnädige Frau, aber nicht innerhalb von vierundzwanzig Stunden. Wie hoch ist das Konto Poldi Reichermann?», fragt sie nach hinten.

«Hundertachtzigtausend.»

«Ich werde mit Herrn Brüggemann sprechen und Ihnen telefonisch Bescheid sagen, wann Sie über den Betrag verfügen können.»

Frau Poldi hat große Lust, eine Szene zu machen. «Aber ich bitte Sie, lumpige hundertachtzigtausend ...

«Eben, eine Bagatelle. Es steht außer Zweifel, dass Herr Brüggemann Ihnen entgegenkommen wird.»

«Entgegenkommen. Fräulein, es handelt sich um mein Geld.»

Thea lächelt liebenswürdig und eisig. Es gelingt ihr, die herrliche Szene, die Frau Poldi in Bereitschaft hat, zu unterdrücken. «In einer Stunde rufe ich Sie an.»

Thea sieht ihr nach. «Eine von denen, die man nicht allzu sehr zu bedauern brauchte ...»

Um drei Uhr endlich kommt Brüggemann.

Er fegt durch die Bank. Die Tür schwenkt sausend hinter ihm zu. Er sagt nicht «Guten Tag». Er sieht nicht links noch rechts und verschwindet in seinem Zimmer. An Theas Platz schnurrt der Hausapparat.

Einen Herzschlag lang verharrt sie vor ihrem Schreibtisch, den Blick starr vor sich hin gerichtet. Es ist der Augenblick, in dem sie sich sammelt, alles erkennt und – überwindet.

Brüggemann sitzt an seinem Diplomaten. Um seine Augen liegen gelbgraue Schatten. Ein scharfer neuer Riss geht von der Nasenwurzel bis zum Kinn hinunter. Er schaut nicht auf, als Thea eintritt. Er schlägt mit dem Handrücken gegen ein Schreiben, das halb entfaltet vor ihm liegt. Es segelt eine Sekunde auf der Schreibtischplatte, ehe es in Theas auffangende Hände fällt.

Es ist nur ein ganz kurzer Brief. Schlimme Briefe sind immer kurz.

«Wir beehren uns, Ihnen mitzuteilen, dass wir zu unserm Bedauern nicht mehr in der Lage sind, die in Ihrem Schreiben vom 12. d. M. erbetene Erhöhung Ihres Kredites zu gewähren.

Wegen der veränderten Lage auf dem Geldmarkt sehen wir uns leider auch gezwungen, den Ihnen s. Z. eingeräumten Überziehungskredit als fällig zu betrachten.

Wir hoffen, dass wir zu gegebener Zeit Ihren Wünschen wieder entsprechen können, und zeichnen ...»

Zur gleichen Zeit machen sechshundert Arbeiter Feierabend und marschieren in geschlossenen Trupps nach dem Untergrundbahnhof Onkel Toms Hütte. Sechshundert Arbeiter sind guten Muts, denn morgen ist Zahltag. Morgen wird Speck und Fleisch eingekauft. Sonntag gibt es Eisbein mit Sauerkraut.

Sechshundert Arbeiter, ihre Frauen, ihre Kinder, ihre Mütter und Bräute denken an nichts Böses, denn der Bau ist noch nicht fertig, solange der Bau dauert, haben sie Arbeit und Brot.

Zur gleichen Zeit schließt der Verwalter Hahnekamp die Wohnung dreihundertzweiundsiebzig des Neubaublocks D in Zehlendorf auf und lässt ein Paar in die Wohnung treten.

Die Tischler sind gerade dabei, die Fensterrahmen einzupassen.

Die Braut, die nicht mehr jung ist, welk, nicht ganz gesund anscheinend, freut sich wie ein Kind. Die Freude steht sonderbar in ihrem spitzen, mageren, von scharfen Linien durchlaufenen Gesicht.

Sie fliegt förmlich hinein in die Wohnung. Sie ist überall zu gleicher Zeit: in dem winzigen Flur, in der kleinen

Küche, in der Schlafkammer, im Wohnzimmer, das ein breites, vierteiliges Fenster bekommen wird. Sie lehnt sich, aus tiefem Halse lachend, über die Balkonbrüstung und gleich darauf aus dem Badezimmerfenster. Sie beschmutzt sich ihr Kleid mit Kalk. Sie reißt sich einen Schuh auf an den Bodenbrettern. Macht nichts. Sie ist ganz auseinander vor Freude. Sie ist so glücklich, wie nur eine Frau sein kann, die nach langem Warten endlich einen eigenen Hausstand bekommen soll, eine eigene Wohnung.

Die Männer haben derweil ein sachliches Gespräch.

«Wohnungsschein?», fragt der Verwalter. «Mitglied der Reichsversicherung? Gewerkschaftlich organisiert?»

Der Bräutigam holt umständlich aus der hinteren Hosentasche seine Brieftasche hervor und entnimmt ihr mit der Feierlichkeit, mit der ein Priester die Hostie bricht, allerlei Papiere und Ausweise. «Die haben einen gejagt, bis man den Wohnungsschein hatte! Wann ist das nun hier beziehbar?»

Das Mädchen tritt augenblicklich hinzu. «Ach ja, wann kann man einziehen? Bald? Noch in diesem Jahr?»

«Na», meint der Verwalter, «Ende Oktober können Sie heiraten.»

«Ende Oktober! Ende Oktober!» Das Mädchen fliegt ihrem Bräutigam um den Hals. Er ist ein etwas schwerfälliger Mann. Ihm ist das ein bisschen peinlich vor dem Verwalter.

«Wir sind nämlich schon sechs Jahre verlobt ... zu den Schwiegereltern hat man auch gerade nicht wollen ... Wohnungsschein gabs immer nicht ...»

Zur gleichen Zeit ruft der Beamte am Schalter der Zahlstelle T für Arbeitslosenunterstützung: «Buchstabe U bis Z», und es entsteht ein kleines Gedränge unter den Wartenden. Sie scharen sich zusammen, wie Tiere bei einem vertrauten Ruf sich zusammendrängen. Man hört kein Sprechen. Man hört Füße scharren und Geld klimpern, Füße scharren, Geld klimpern. Hände strecken sich aus, schwielige, schmutzige, kränkliche, arme Hände, und streichen die Münzen ein.

Im Hof gehen Schupobeamte auf und ab, immer zwei und zwei. Man kann nicht wissen. Die grauen Menschenmassen strömen hinzu und wieder davon. Ununterbrochen. Es sind Hunderte, Tausende, es sind Millionen in einem einzigen Volk, unübersehbare Heerscharen in der ganzen Welt.

Arbeiter sind unter ihnen, Angestellte, auch Bankbeamte. Selbstverständlich auch Bankbeamte.

Es entsteht eine Lücke vor einem alten Mann, der verstört nach seiner Stempelkarte sucht. Er hat sie doch vorhin noch ... Vielleicht in dieser Lücke wird ein paar Wochen später der Bankbeamte Hermann Veidt seinen Platz haben.

Zur gleichen Zeit ruft Emil Munthe in Firma Grubbe und Munthe seinen Kompagnon an.

«Haste gehört? Hartwich ist pleite.»

«War schon da», sagt Grubbe. «Sitzt bis über beide Ohren drin. Die Anzahlung sind wir los.»

«Also sofort anderswo Steine bestellen!»

«Haste Geld? Ohne Anzahlung gibt dir kein Mensch auch nur einen einzigen Ziegelstein.»

«Ganz egal. Und wenn wir mehr zahlen müssen. Du redest mit Brüggemann. Gibt er dir erst mal dreißigtausend mehr.»

«Will ich versuchen. Aber die Banken heute! Haste gehört: ‹Nordwolle›? Ich geh nachher sowieso zu Brüggemann. Hundertzwanzig sind uns für morgen sicher. Aber erst mal ist Zahltag. Dann hab ich dem Tischler versprochen. In Weißensee sind die Dachdecker so weit ...»

«Also red mit Brüggemann. Schließlich hat er A gesagt und wird auch B sagen.»

Zur gleichen Zeit stiehlt sich Joachim Brüggemann aus dem Hause. Er trägt einen Koffer. An seine Zimmertür hat er ein Pappschild geheftet: «Unter keinen Umständen mehr stören, bis morgen früh schlafen lassen.»

Er riegelt ab. Er geht leise die teppichbelegte Treppe hinunter. Das Haus liegt wie ausgestorben. Ehe er aus dem Portal tritt, sieht er sich nach allen Seiten um. Der Chauffeur arbeitet am Teich. Er kratzt mit seinem Spaten im Bassin, sodass er Joachims wenige Schritte um das Haus herum nicht hört.

Im Erdgeschoss zankt Hanne, die Köchin, mit dem

Stubenmädchen. Weiber untereinander sind wie die Hyänen, denkt Joachim, ergrimmt über den ewigen Zank im Hause.

«Wir müssen Geld schaffen für Grubbe», sagt Thea. «Sie müssen alle Wege gehen, die es überhaupt nur gibt.»

«Ich bin alle Wege gegangen.»

«Die Reichsbank muss uns doch helfen.»

«Denkt gar nicht dran. Der machen die Großbanken gerade genug zu schaffen. Ein paar Tage noch, dann werden wir etwas erleben in Deutschland.»

«Seehandlung!»

«Können angeblich nicht.»

«Natürlich können sie. Soll ich zu Dittmar gehen? Ich werde sofort zu Dittmar gehen.»

«Seine Verehrung für Sie wird nicht so weit reichen, dass er die Summe riskiert, die für uns notwendig wäre. Er hat sich gar nicht sprechen lassen. Angeblich verreist.»

«Dann müssen wir uns an Prell wenden.»

«Bei Prell war ich zuallererst. Die würden uns nicht aufsitzen lassen, wo wir ihnen voriges Jahr so geholfen haben. Aber sie entlassen zum Ersten vierhundert Arbeiter.»

Prell kündigt? Jetzt erst kommt Thea der ganze Umfang der Krise zum Bewusstsein, die alle und jede gefährdet.

«Die Bilag steht uns zu fern?»

«Trotzdem war ich dort. Der Brief aus London war heute Morgen gekommen. Ich hatte den Briefträger abgefangen und bin bis jetzt umhergehetzt, um Geld aufzutreiben. Ich war bei der Deutschen Bank. Ich war bei Dultz. Ich war in Pankow bei Heyl. Heyl versprach, bis übermorgen fünfzigtausend Mark flüssigzumachen.»

Fünfzigtausend! Übermorgen! Sie brauchen jetzt Geld, jetzt, sofort. In ein, zwei Stunden wird Grubbe kommen. Wenn Grubbe kommt, muss Geld da sein, oder es geschieht Furchtbares. Eine Sekunde hat Thea dieselbe grauenhafte Vision, die Veidt gehabt hat am Morgen: Sie hört das Schreien, Fluchen, Drängen, Drohen. Sie sieht die wahnwitzige Empörung und Verzweiflung der Geschädigten.

«Wir müssen die allerletzten Reserven angreifen.»

«Haben Sie noch allerletzte Reserven?»

«Ich habe fünftausend Mark erspart», sagt Thea. Der Knabe Joachim fällt ihr ein. Hat sie ihm nicht seine Fliegerausbildung versprochen? Außerdem, was nützten ihre elenden fünftausend Mark? Es gilt nur, die Bereitschaft zu zeigen, die bedingungslose Hingabe.

«Herr Brüggemann, Sie haben schon einmal ...»

«Ja, ja», sagt er hastig, «kein Wort davon ... bitte, kein Wort.»

Thea sagt zaudernd ... «Sie haben umfangreiche Privatentnahmen gemacht in letzter Zeit» – und da er gepeinigt abwehrt, «Sie haben wohlhabende Verwandte.»

«Nicht mehr, nicht mehr. Die Werke meines Schwiegervaters sind ruiniert. Es laufen da ein paar Wechsel, die ihm den Garaus machen werden. Kurz, liebe Iken, wir wollen nicht feige sein und nicht drum rumreden und nicht mit weißen Gesichtern Möglichkeiten erwägen, an die wir selbst nicht glauben. Es wird mir nichts anderes, nichts Schmählicheres und Unerträglicheres übrig bleiben, als zu Oppenheimer zu gehen und ihm eine Fusion anzutragen.»

Er wirft das Lineal, mit dem er gespielt hat, laut klirrend vor sich hin, steht auf und tritt ans Fenster. Die Hände in den Hosentaschen, steht er und pfeift vor sich hin. Es sind ein paar unglückselige Töne, und keineswegs ist es eine Melodie, die entsteht. Es ist ganz gleich, ob ein Mensch weint in solchen Situationen oder tobt oder höhnt oder pfeift. Inwendig ist alles das Gleiche.

Nach einer Weile spricht Brüggemann vor sich hin: «Ich habe das kommen sehen, längst. Ich merkte es schon, als ich das letzte Mal in London war. Das Misstrauen gegen die deutschen Banken nahm im Auslande erschreckend zu. Aber ich glaubte nicht, dass es gerade mit uns zum Äußersten kommen würde. Ich hatte bis gestern Abend noch die feste Überzeugung, irgendeine Rettung zu finden: eine Stützungsaktion durch die Reichsbank, eine beträchtliche Rückzahlung von Siedemann oder Claasen in Hamburg. Aber es ist sonderbar: Als ich heute Nacht meinem Sohn begegnete, auf der Treppe, gegen drei Uhr oder noch später, in einer Verfassung, die mich erkennen ließ, woher er kommen mochte.» Brüggemann hält inne. «Es hat nichts, gar nichts damit zu tun, aber sehen Sie, da verlor ich die Zuversicht. Unser ganzer Kampf miteinander, er entringt aus seinem Idealismus. Und nun ... Irgendwie in diesem Moment riss der Anker. Ich vermochte nicht mehr, an das Gute zu glauben.»

Etwas nach vier Uhr stoppt der Bauunternehmer Grubbe seinen Wagen vor dem Bankhaus Brüggemann Sohn, einen fast neuen Horch acht, den er unlängst auf der Automesse gekauft hat.

Grubbe ist sehr verliebt in seinen schönen Horch. Es ist sein erstes Auto, und es ist ein saurer Weg gewesen von seiner armseligen Jugend bis zu diesem eleganten Gefährt.

Als er seinen Wagen abschließt, streift Grubbe mit einem Blick des Wohlgefallens darüber hin: den äußersten Grad von Zärtlichkeit, dessen er überhaupt fähig ist.

Er ist ein kleiner untersetzter Mann. Er hat eine spaßige Fliege am Kinn. Zu einem richtigen Spitzbart fehlt ihm der Mut. Er bildet sich ein, dass diese Fliege genüge, seinem quadratischen Schädel eine Spitze zu geben.

Grubbes Mutter ist Slawin gewesen. Er hat schräg stehende Augen und vorstehende Backenknochen. Er hat einen heftigen, fast brutalen Mund, eine niedrige harte Stirn. Er sieht nicht aus, als ließe er mit sich spaßen. Sein ganzes Leben bisher ist ja schließlich kein Spaß gewesen. Es ist auch heute noch kein Vergnügen, trotz des Horch acht.

Die Siedlung in Zehlendorf ist vermietet in allen Wohnungen vom Erdgeschoss bis unters Dach. Solide Mieter, brave Zahler: kleine Beamte, Werkmeister, Angestellte.

In Weißensee lässt sich die Sache noch nicht übersehen. Sechshundert Wohnungen, von denen noch nicht ein Drittel vermietet ist, können einem schlaflose Nächte machen. Natürlich ist es Unsinn mit seiner Sorge: kleine Wohnungen, nette Balkons, hübsche Grünflächen, das geht, wenn nichts mehr geht. Aber die Leute sind zach: Sie warten auf Senkung der Mieten und bilden sich ein, in einem halben Jahr könnten sie zum halben Preise wohnen.

Als wenn es je kommen könnte, dass die Löhne heruntergehen auf die Hälfte oder die Rohstoffe oder der Grund und Boden! Als wenn die Banken einem umsonst den nötigen Kredit gewährten. Brüggemann knöpft ihm dreizehn Prozent ab. Eine Schande, dreizehn Prozent. Er wird ein ernstes Wort mit ihm reden. Zwölfeinhalb und keinen Pfennig mehr. Mit großem Missbehagen denkt Grubbe daran, dass er obendrein noch um eine Erhöhung des Kredits – am besten um fünfzigtausend Mark – bitten muss.

Er ist immer in Eile. Er muss heute noch raus nach Zehlendorf, sehen, wie weit die Tischler sind. Die ziehen auch in die Länge. Grubbe ist in zwiespältiger Stimmung, halb verdrossen, halb zuversichtlich ...

«Tag, Herr Veidt», ruft er aufgeräumt, «Tag, Tag. – Chef nicht da? Wo ist Stohp? Krank, der Stohp?»

«Jawohl, Herr Grubbe, Herr Brüggemann ist in seinem Zimmer. Wenn Sie sich freundlichst nach hinten bemühen wollen? ...»

Thea geht Grubbe entgegen. Sie erfasst alles mit einem Blick: die schrägen Augen, die starken Backenknochen, die gelbe Gesichtsfarbe, die Sorgen hinter der niedrigen Stirn.

«Bitte, Herr Grubbe!» Sie lächelt gespenstisch. Sie legt ihre eiskalten Finger flüchtig in seine fleischige gedrungene Hand. Sie klopft an Brüggemanns Tür und sagt im Öffnen: «Herr Grubbe!», und ihr ganzes Herz, in einer Aufwallung brennenden Mitleids, fliegt Brüggemann zu, wie er sich erhebt, ruhig, gesammelt, sehr bleich.

Schon nach einer Minute hört man Grubbes Stimme bis in den äußersten Winkel der Bank. Sie überschreit sich förmlich. Sie bricht in raue, klirrende Stücke. Er scheint mit der Faust auf den Tisch zu schlagen. Er hustet wild und ungezähmt. Von Brüggemann hört man kein Wort.

Dann wird die Tür aufgerissen, und Grubbe explodiert

heraus, krebsrot im Gesicht, schwitzend und tobend, aller Beherrschung bar.

«Gauner!», schreit er. «Betrüger, Pleitier! Ich kann nicht weiterbauen. Jetzt mittendrin, wo sie das dritte Stockwerk anfangen in Weißensee. Zum Lachen ist das. Wovon zahle ich Löhne morgen, wie? Die Arbeiter schmeißen mir die Fenster ein. Die Handwerker gehen kaputt. Meine Familie!»

Im Kassenraum dreht er sich einmal heftig um die eigene Achse. Er sucht den Menschen, zu dem er eigentlich spricht.

Die Angestellten sind wohlerzogen. Sie schauen Herrn Grubbe höflich-ernst entgegen. Jetzt ist es also so weit. Jetzt also ist das Ende da. Vielleicht ist es für sie bitterer und endgültiger als für Herrn Grubbe. Aber sie schreien, sie toben, sie fluchen nicht. Sie lächeln höflich mit verzerrten Gesichtern, denn Herr Grubbe ist Kunde, und wenn die Kunden schimpfen, hat man doppelt höflich zu sein.

Grubbe holt mächtig aus, um die Tür hinter sich zuzuschmettern. Aber es ist eine Schwingtür zunächst, und die Außentür hat einen Selbstschließer. Mit einem leisen Fauchen beschließt sie den dröhnenden Abgang.

Es ist halb fünf mittlerweile, Zeit, die Scherengitter zu schließen. Schwartzkopf schlurft herbei. Er verrammelt die Scherengitter: umständlich und bedachtsam. Unnötiges Theater. Auch so wissen alle: Dies ist das letzte Mal.

Hier wird nun nicht mehr aufgeschlossen. Jetzt rennt dieser Grubbe rum nach Geld und erzählt überall, wodurch ihm die Zufuhr abgeschnitten ist.

Morgen kommen sie dann in Scharen.

Bald danach kommt Brüggemann aus seinem Zimmer. Er hat sich gut in der Gewalt. Er hat einen graublauen Schein um Schläfen und Augen, aber er wirkt in keiner Weise verstört.

In Haffke, mit dem er ein Devisengeschäft bespricht, schwirren neue Hoffnungen auf wie ein Strich Rebhühner. So sieht doch ein ruinierter Bankier nicht aus, denkt Haffke und tastet mit seinen großen blauen Blicken Brüggemanns beherrschtes Gesicht ab. Er hört nichts von dem, was Brüggemann zu ihm spricht.

Vielleicht ist alles nur Gequatsche von Veidt und von Schwartzkopf. Und der Grubbe ist einfach verrückt. Wahrscheinlich ist Grubbe pleite. Natürlich, was sonst. Er ist in der Klemme, Brüggemann schneidet ihm die Zufuhr ab, nun tobt er und macht einen solchen Skandal.

Schwartzkopf denkt anders über Brüggemanns zur Schau getragene Gefasstheit. «Hat seine sechzigtausend in der Hosentasche. Sechzigtausend sind heute kein Butterbrot. Pleite machen bloß die Dummen. Wir hier, wir paar Männeken, denen man was vormacht bis zuletzt.»

Schwartzkopf als Erster bekennt sich offensichtlich

zum Prinzip der Auflösung. Fällt ihm gar nicht ein, hier noch länger Überstunden zu machen. Hier sich noch weiter beliebt machen zu wollen, hat keinen Zweck mehr. Um halb fünf ist Dienstschluss. Er fängt an zu fegen.

«Sechzigtausend hat er in der Hosentasche», raunt er der Prill zu. Die Prill hat verheulte Augen. Sie ist neunundzwanzig Jahre alt. Wer nimmt sie noch? Und was zahlt man heute, wenn man schon eine neue Kraft einstellt? Sie wird froh sein können, wenn sie hundertzwanzig bekommt. Und Hermann liebt das Schicke. Er geht sowieso manchmal mit andern.

Auch in Veidt wandern immerwährend diese sechzigtausend Mark rum. Schwartzkopf stachelt ihn gehörig. Wer weiß, ob es am Letzten überhaupt noch Gehalt gibt? Dann kann er jetzt, im zweiten Monat, schon die Miete nicht mehr zahlen. Dann bleibt er bereits die zweite Rate auf die Möbel schuldig. Ein Dreck wird, was nun noch kommt, das ganze Leben, seine ganze Ehe.

Und so einer steht da und redet ganz gemütlich von Pesetas. Als wenn das jetzt wichtig wäre. Wer was kann, macht nicht Pleite. Taugt eben nichts, der Brüggemann. Das hat er von dieser Iken. Einen ordentlichen Mann an seine Seite, und die Schweinerei wäre nicht passiert. Nur so schlau ist er gewesen, sein eigenes Schäfchen ins Trockene zu bringen. Sechzigtausend, und wer weiß, wie viel er ins Ausland geschafft hat. Aber man wird ja sehen.

Man könnte ihm beispielsweise die Pistole auf die Brust setzen und sagen: Bitte, her mit dem Geld! Jeder kriegt zehntausend Mark. Mit zehntausend Mark kann man ein kleines Geschäft anfangen.

Veidt, von solchen bösen, zerfressenden Hassgedanken durchtobt, sieht unverwandt zu Brüggemann hinüber, der sich Thea Ikens Schreibmaschine gegenübergesetzt hat, um ihr einige eilige Briefsachen in die Maschine zu diktieren.

Draußen ist es noch nicht dunkel. Drinnen ist es nicht mehr hell. Es brennen vereinzelt ein paar Lampen, trübe Augen in trüber Dämmerung.

Man sitzt allenthalben herum und denkt, wie geht es nun weiter? Haffke möchte wissen, ob man morgen überhaupt noch wiederzukommen braucht. Er hat naive Vorstellungen von der Schließung einer Bank. Er macht sich an seinem Platz zu schaffen, blättert, ordnet seine Bleistifte, schnaubt sich die Nase, säubert sich verstohlen die Fingernägel.

Inwendig rechnet er zum hundertsten Male nach, ob man das Paddelboot nicht eventuell doch retten könnte. Hundert Mark hat er jetzt angezahlt. Dreihundertsiebzig kostet es im Ganzen. Er hat sich vorhin auf zehn Minuten hinausgestohlen und vom Lützowplatz aus beim GDA angerufen. Er wird etwa dreizehn Mark Arbeitslosenunterstützung bekommen die Woche. Dreizehn Mark. Davon muss man leben. Fünfunddreißig Mark Miete im

Monat kostet allein die Bude. Sieben Mark muss er für Wäsche bezahlen. Und das Übrige, Mittag-, Abendessen? Ja, kann man denn überhaupt leben von dreizehn Mark wöchentlich? Man kann nicht, man muss.

Haffke nimmt sein Taschentuch vor und tupft sich das Wasser von der Stirn, denn es ist heiß. Er fühlt sich am Ende. Er ist dreiundzwanzig Jahre alt und sieht nicht, wo der Weg weitergeht. Man zählt fünf Millionen Arbeitslose. Er wird einer unter fünf Millionen sein. Es ist unausdenkbar. Eine Bank nach der andern macht zu. Es überfällt ihn eine plötzliche heftige Sehnsucht nach dem väterlichen Gehöft auf der Nehrung. Man könnte den Acker bestellen. Aber von zu Hause schreiben sie mutlose Briefe. Und dann ist doch da auch Hanni. Hanni hat einmal gesagt, einer, der nicht mal ein Paddelboot hätte, der käme für sie nicht infrage.

Haffke, in einem verwunderten Gram, stelzt hinter Fräulein Prill zur Bank hinaus, als er eingesehen hat, es hat keinen Zweck, hier noch rumzusitzen. Er wird Zeitungen verkaufen und Zigaretten, im Sommer macht er eine Eisdiele auf. Die Eisdielen gehen. Der Kerl muss ihm die Anzahlung für sein Paddelboot wieder rausgeben. Ja, aber Hanni? Und er fühlt: Auch dies ist vorbei. Jetzt erst kommt ihm die Wucht eines eventuellen Unglücks zum Bewusstsein.

Er kommt an der Front Brüggemann-Iken vorbei und sagt unsicher: «Guten Abend!» Niemand antwortet. Roderich sieht jetzt schon aus wie betrunken. «Da hilft nur eins», sagt er und gähnt, «Schnaps, noch mal Schnaps, immer wieder Schnaps. Bis man nichts mehr weiß.»

Brüggemann, stetig und ruhig, diktiert. Thea, die sich bisher gewaltsam konzentriert hat, wird nervös. Warum geht Veidt nicht nach Haus? Er arbeitet nicht. Er hat seine Schreibtischlampe schon ausgelöscht, und nun steht er dort und starrt unverwandt herüber.

Sie erkennt ihn undeutlich. Er ist unberechenbar, dieser Veidt. Sie weiß auch, ihm wird es von ihnen allen am schlechtesten gehen. Worauf wartet er noch? Wenn er etwas wissen will, soll er doch herüberkommen!

In den Winkeln steigt die Finsternis mählich wie dunkles Wasser.

«... es ist immerhin möglich», diktiert Brüggemann, «diesen Verpflichtungen rechtzeitig nachzukommen, wenn Sie mir Zeit lassen bis zum ...»

«Was will denn der Veidt noch? Was steht der Kerl da und wartet?» Jetzt hat auch er Veidts sonderbares Verhalten bemerkt. «Warten Sie auf mich, Herr Veidt?», ruft er ihm zu.

Keine Antwort. Aber der Schatten drüben setzt sich in Bewegung. Er gleitet hinter der Säule vorbei. Er kommt langsam und drohend näher.

«... wenn Sie mir Zeit lassen bis zum fünfzehnten Juli.»

Thea beginnt der Pulsschlag zu rasen. Wenn hier jetzt

etwas Böses geschieht? Dieser Veidt ist zu allem fähig. Wo hat er seine Hand?

Brüggemann sieht ihm mit großer Festigkeit entgegen.

«... ich hoffe, dass ich bis zu diesem Zeitpunkt den größten Teil des Kredits ...», diktiert er weiter.

Thea hat das Gefühl, der schießt jetzt, jetzt gleich schießt er. Sie hat ein eisiges Gefühl zwischen den Schulterblättern. Sie hat zweimal «ich hoffe» geschrieben und dreht sich jäh und entsetzt nach Veidt um.

Veidt hat beide Hände in den Manteltaschen. Er gespenstert durch den Lichtschein ihrer Schreibtischlampe.

Für den Bruchteil einer Sekunde ist er grell beschienen. Er hat den Hut tief ins Gesicht gedrückt. Seine Augen sind beschattet. Schatten liegen in den Höhlen seiner Wangen. Sein Anzug wirkt fadenscheinig in der grellen Beleuchtung. Seine Schuhe sind nicht geputzt. Er ist sein eigenes Zukunftsbild, wie er jetzt finster und elend den Lichtschein durchschreitet.

Er ist der Arbeitslose Hermann Veidt, der tausendzweihundert Mark für Möbel abzuzahlen hat, dessen Wohnung zweiundachtzig Mark fünfzig kostet den Monat, dessen Frau ein Baby erwartet, in dessen väterlicher Familie Krankheit und Sorge herrschen. Er wird zwanzig Wochen lang Arbeitslosenunterstützung beziehen und dann in die Krise kommen. Nach einem weiteren Dreivierteljahr wird er dann aus der Krise ausgesteuert. Ein spaßiges Wort: aussteuern in diesem Sinne. Früher kannte man es nur im Zusammenhang mit strahlenden Bräuten und Möbelhändlern, die gute Geschäfte machten, jetzt steuert man Arbeitslose aus, und es ist die letzte Stufe des Elends.

Veidt ist ohne Gruß vorübergegangen. Brüggemann schaut ihm nach im Diktieren. Kurz vor der Tür schaut Veidt sich um und schreit, heftig ausbrechend: «Auf Wiedersehn auch, Herr Brüggemann!»

Die Tür schwingt hinter ihm zu. Man sieht seinen riesigen Schatten über die Grenzen der Glastür wegwachsen. Das scharfe Bremsen des Autobusses ist hörbar. Die Brandung der Straße bricht sich vor den mächtigen Fensterscheiben.

Genau anderthalb Stunden später verlässt auch Thea Iken die Bank.

Sie wird mehrfach gesehen, und alle Zeugen bekunden späterhin übereinstimmend, dass sie ganz offensichtlich den Eindruck großer Verstörtheit machte.

Schwartzkopf hat im Torweg gestanden.

«Erst hat se Lützowstraße lang wollen», sagt er aus. «Da is se umjekehrt ... Dann hat se Schöneberger Ufer runterwollen. Wieder kehrt. Lützowstraße rin. Erst linke Seite, dann rechts, wo se immer jeht.»

Brüggemann hätte derweil noch Licht gebrannt.

Der Zigarettenhändler Ecke Lützowstraße-Magdeburger Platz kann die Zeit angeben bis auf die Minute. Er hat ab acht Uhr auf seine Freundin gewartet. Zwanzig Minuten nach acht hat er noch nach der Uhr gesehen. Gleich darauf ist jemand in großer Eile hinter ihm gekommen.

«Ich habe gedacht, dass es meine Freundin wäre. Aber es war die Dame aus der Bank, die ihre Zigaretten bei mir kauft. Ich habe den Hut gezogen. Sie hat mich groß angesehen, ohne zu danken. Vor dem Postamt Genthiner Straße hat sie den Damm überquert.»

Von der Genthiner Straße bis nach dem Schöneberger

Ufer Nummer vierzig sind es keine tausend Schritt. Zehn Minuten vor halb neun ist Thea in die Genthiner Straße eingebogen. Bis neun Uhr indessen ist sie zu Hause noch nicht eingetroffen.

Frau Kirstein hat an diesem Tage ausdrücklich auf das Fräulein gewartet. Sie hat sich in der Gastwirtschaft «Weißer Rabe» angesagt, weil man sich ab und zu mal sehen lassen muss bei seinen Kunden. Der «Weiße Rabe» bezieht sämtliche Konserven von Frau Kirstein.

Die Frieda ist mit einer Lieferung nach dem Grunewald gefahren. Frau Bergrat Pauli hat mittags drei Büchsen Champignons bestellt und wollte noch mal anrufen, falls sie auch Krebsbutter brauchen sollte. Frau Kirstein lässt sich nicht gern ein Geschäft aus der Nase gehen. Bis acht Uhr ist der Anruf nicht gekommen. Bergrats haben kein eigenes Telefon. Frau Kirstein will das Fräulein, das doch gleich nach Hause kommen muss, bitten, den Anruf abzunehmen.

Frau Kirstein sitzt wie meistens am Fenster und wartet. Um halb neun beschließt sie fortzugehen, ohne das Fräulein abzuwarten. Als sie denkt, dass Frau Bergrat auch noch etwas von eingemachten Erdbeeren gesagt hat, wartet sie vorm Hause weiter. Es vergehen fünf Minuten und zehn Minuten. Wenn ich jetzt gehe, denkt Frau Kirstein, kommt Fräulein Iken gerade um die Ecke. Sie legt weitere fünf Minuten und zehn Minuten zu.

Sie wird unruhig. Sie trippelt immer während zwischen der Genthiner Ecke und der Bendlerbrücke hin und her. Um neun Uhr endlich geht sie.

Frau Kirstein beschwört mit erhobenen drei Fingern, dass das Fräulein am 11. Juni bis neun Uhr nicht nach Hause gekommen ist.

Wann sie tatsächlich zurückgekehrt ist, vermag niemand zu sagen. Kein Mensch hat sie kommen sehen. (Thea behauptet, kurz vor halb neun ins Haus geschlüpft zu sein, leise aufgeschlossen zu haben und so dem Zugriff der Frau Kirstein entgangen zu sein.)

Als Frau Kirstein gegen zwölf Uhr nach Hause gekommen ist, hat sie Lichtschein aus dem Zimmer des Fräuleins unter der Türritze vorschimmern sehen. Aber das Fräulein muss bei Licht eingeschlafen sein, denn wie Frau Kirstein an die Tür geklopft hat, hat sie drinnen gellend aufgeschrien, wie man im Schlaf aufschreckt und schreit. Nachher hat sie, zitternd am ganzen Leibe, an der Wand gelehnt.

Hat sie eine Erklärung für ihr Erschrecken gegeben?

Sie sagt, sie hätte etwas Entsetzliches geträumt.

Die Zeitungen haben nur eine kurze Notiz über den vermeintlichen Selbstmord des Bankiers Brüggemann gebracht.

In den Katastrophenwochen des Juni, in denen die finanziellen Zusammenbrüche sich erschreckend häuften, konnte diese Nachricht nur bei jenen Bestürzung hervorrufen, die mit dem Geschick des Bankhauses Brüggemann Sohn unmittelbar verknüpft waren. Die Allgemeinheit erfasste sie nicht.

Zwei Tage später wird publik, dass der Selbstmord des Bankiers vorgetäuscht sei, dass in Wirklichkeit ein Verbrechen vorliege und der Täter allem Anschein nach unter den Angestellten des Bankinstituts zu suchen sei.

Noch am selben Tage schreien die Abendblätter der Asphaltpresse die Sensation in den Straßentrubel:

«Bankier Brüggemann von seiner Sekretärin ermordet und beraubt.»

Die Zeitungshändler am Potsdamer Platz haben sich die Zeitung mit dieser werbekräftigen Schlagzeile an die Mütze gesteckt. Andere hängen um die Rundung ihres Leibes.

Sie variieren das Thema mit beträchtlichem Stimmaufwand. «Sekretärin erschießt ihren Chef. – Sekretärin ermordet ihren langjährigen Arbeitgeber und entwendet achtzigtausend Mark. – Bankier Brüggemann ein Opfer seiner Sekretärin.»

Aus dem Untergrundbahnhof am Haus Vaterland quellen die Menschenmassen. Die vielen Stimmen der Zeitungshändler schwirren durcheinander. Immer zehn Hände zugleich greifen nach den noch druckfeuchten Blättern.

In der Untergrundbahn lesen die, die keine Zeitung haben, über die Schultern der Nachbarn fort.

Holsten, der gegen elf Uhr abends von einer Sitzung

nach Hause kommt, kauft die letzte Zeitung am Nollendorfplatz und liest im Gehen die Notiz über das unfassliche Verbrechen. Er erinnert sich genau des einen Mals, da er in der Brüggemannbank war. Erinnert sich des Eindrucks, den Thea Iken auf ihn machte ...

Achtzigtausend Mark. Er bleibt stehen, um sich Theas Gesicht näher zu verdeutlichen. Ein reichlich undurchsichtiges Gesicht. War sie elegant damals? Er erinnert sich eines gut sitzenden Kleides. Es gibt Frauen, die über Leichen gehen, um ihre Luxusbedürfnisse zu befriedigen.

Holsten, in seiner Wohnung angekommen, setzt sich augenblicklich hin und schreibt einen Brief an Thea Iken, in dem er ihr seine Verteidigung anbietet.

Die Menschenansammlungen vor dem Bankhaus am Lützowplatz dauern bis in den späten Abend fort.

Zu sehen ist nichts Ungewöhnliches. Fenster sind nicht zertrümmert. Blutspuren sind nicht vorhanden. Man kann nicht hineinsehen in das Innere der Bank, denn das Eisenportal mit den reichen Gusseisenornamenten und der verschlungenen Jahreszahl der Gründung ist geschlossen.

Um diejenigen, die etwas zu erzählen wissen, bilden sich Gruppen gespannter Zuhörer.

Eine alte Frau, die Thea Iken vom Sehen kennt, ist immerwährend von einem Menschenauflauf umstanden. Sie ist bei der Abführung zugegen gewesen.

«So weiß war sie wie ein Stück Papier, aber mitgegangen ist sie ganz ruhig.»

«Gefesselt?», will jemand wissen.

«Ach bewahre! So eine feine Dame! Immer im Pelz, immer elegant.»

«Das sind die Schlimmsten.»

«Ja, da haben Sie recht. Was meine älteste Tochter ist, die jeht doch auch im Büro. Erna, ha' ick jesagt, du verdienst dein schönes Geld, aber wo kannste so elejant jehn? Dat jeht nich mit rechte Dinge zu.»

«Vielleicht hat sie einen Freund gehabt?»

«Nee, nee, die war immer für sich, egaleweg immer bloß für sich, sonntags und alltags. Das ist so, als wenn son Mensch schon was an sich hat, was einer rausfühlt, und will nichts zu tun haben mit sie.»

«Wie alt ist sie denn?», fragt eine Dame aus der Menge. Und mehrere andere drängen hinzu.

«Dreißig.»

«Lauter!», rufen die, die nicht verstanden haben.

Ein Laufjunge wendet sich um, zieht mit der Nase auf und sagt: «Dreißig.»

«In der B. Z. hat gestanden Ende zwanzig.»

Aber die Alte weiß es genau. Sie bestätigt es wohl schon zum hundertsten Male. Sie wird nicht müde, immer wieder dasselbe zu sagen. Seit morgens steht sie nun hier, von Neugierigen umringt. Es ist der große Tag ihres Lebens. Sie ist schon ein wenig schwindelig vom vielen Stehen und Reden, aber was will das heißen gegen die Genugtuung?

Zum ersten Mal im Leben ist sie Mittelpunkt. Zum ersten Mal besitzt sie Wichtigkeit, ja, eine gewisse Macht. Das ist wie ein Rausch, der ihren alten Kopf umnebelt.

Da ist man nun Scheuerfrau gewesen, sein Leben lang. Niemand hat einen gelten lassen. Alle haben einen gestoßen. Die Arbeit wurde stundenweise bezahlt und ewig zur Eile getrieben. Und nun steht sie hier auf offener Straße, und die Menschen hören ihr zu. Die feinen Damen der Lützowplatzgegend bleiben bei ihr stehen und hören auf das, was sie sagt: Ihr Hochmut ist heute wie weggeblasen. Keine sagt: «Ach was, das verstehen Sie nicht!», oder: «Darüber kommt Ihnen kein Urteil zu!», oder: «Das ist Dienstbotengeschwätz!»

Nein, sie stehen und staunen und strengen sich an, sie gut zu verstehen. Und immer mehr wollen sie wissen.

«Am Mordtage hat sie ein schwarz-weißes Kleid angehabt. Schwarz-weiß mit weißem Pikeekragen. Mein Sohn hat sie zum Dienst gehen sehen.»

Ob denn kein Blut am Kleide gewesen wäre nachher?

«Es hat sie doch niemand nach Hause kommen sehen. Sie hat kein Alibi.»

«Was hat sie nicht?», rufen mehrere zugleich, denn die alte Frau hat das fremde Wort nur zaghaft ausgesprochen.

«Kein Alibi», antwortet ein Chor.

Den Damen laufen kleine angenehme Schauder über die Haut.

Man muss vorsichtig sein mit der Behauptung, heutzutage habe niemand mehr Zeit. Zeit etwa, ein umfangreiches Buch zu lesen, eine Gemäldegalerie aufzusuchen, sich auf sich selbst zu besinnen. Niemand habe mehr Zeit, erschöpfend und gründlich nachzudenken über eine Sache, die ihn nicht unmittelbar angeht, die nicht sein Geschäft, seinen Erwerb betrifft.

Seit es Millionenheere von Arbeitslosen gibt, gibt es auch wieder Menschen, die unheimlich viel Zeit haben.

Man könnte es so formulieren: Es gibt heute zwei grundsätzlich voneinander verschiedene Gattungen von Menschen. Die einen, die noch Arbeit haben, die morgens um sechs oder sieben der Wecker aus dem Schlaf reißt, die ihr Frühstück im Stehen hinunterschlingen, die, noch kauend, auf den Omnibus springen und schwitzend in letzter Minute die Kontrolle der Arbeitsstelle passieren. Diese, deren Arbeitsleistung vorgerechnet ist nach Sekundendauer, die ihre acht, neun Stunden mitgerissen werden vom laufenden Band, das ein beispiellos überspitzter Konkurrenzkampf immer schneller, immer irrsinniger antreibt. Diese, die nach ihren acht Stunden abgehetzt, ausgeleert wieder in ihrer Behausung landen, ihr Essen hinunterschlingen, nicht mehr lesen mögen, nicht mehr denken können, ins Bett fallen, einen gehetzten, rastlosen Schlaf am laufenden Bande haben.

Und es gibt jene anderen, die am späten Vormittag dumpf erwachen mit der Frage: Was nun? Die lange liegen bleiben (denn im Bett ist es warm), liegen, nachdenken, die sich langsam ankleiden und ausführlich kauen, sofern etwas da ist zum Kauen, die sich gemächlich auf den Weg machen. Wohin? Es findet sich vielleicht im Laufe des Tages.

Man achte gut auf die Straßenecken. Da stehen sie. Man gehe in die Wärmehallen. Da hocken sie. Man gehe in die Lesesäle der Bibliotheken. Da sind sie verschanzt hinter einem Buch. Manche lesen sogar.

Man gehe überallhin, wo es warm ist und Eintrittsgeld nicht erhoben wird, wo Licht brennt und wo man geduldet wird.

Man gehe unter anderem auch in die Kriminalgerichte.

Wann sich die Ersten angestellt haben am Portal fünf, weiß kein Mensch. Am neuen Kriminalgericht in der Turmstraße stehen immer Gestalten umher.

Als die Gemüsehändlerin Just kommt gegen vier Uhr morgens, humpelnd, das Feldstühlchen an der Hand, stehen schon sieben, acht, neun vermummte Gestalten vor dem Portal und vertreten sich die Füße.

Es ist nicht mehr Mai. Der kleine Fliederbusch im

Hof der Brüggemannbank sprosst nicht mehr. Es ist Winter, und es friert gehörig. Ein eisiger Ostwind fegt um die Ecke. Die Männer haben wenigstens die Hosentaschen, um die Hände reinzustecken. Sie ziehen die Schultern hoch, damit es nicht in den Kragen zieht, und schlagen wie Pferde mit den Füßen aus.

Es ist stockdunkel. Die Stunde zwischen vier und fünf Uhr morgens ist eine von den ganz wenigen, in denen Berlin noch schläft, seinen unruhigen, kurzen Traum vor dem Erwachen. Die Häuserfronten sind völlig finster.

Gesprochen wird nicht in der Gruppe. Die Frauen kriechen in sich zusammen, zittern, halten sich vorne den Mantelkragen zu.

Diese Ersten werden reinkommen in den Schwurgerichtssaal. Sie werden sich einen Schnupfen holen, einen Bronchialkatarrh, eine Lungenentzündung am Ende. Aber sie werden das Schauspiel dort oben erleben. Sie werden Thea Iken von Angesicht zu Angesicht sehen und Veidt sprechen hören, der vier Monate auch in Untersuchungshaft war und auf dem immer noch ein Schein von Verdacht ruht. Sie werden Stohp sehen, der einen Schlaganfall inzwischen erlitten hat, und Joachim Brüggemann, der als Zeuge geladen ist.

Um fünf Uhr ist schon ein Häuflein von einigen dreißig zusammen, um sechs sind es über hundert, denn die Zeitungen haben spaltenlange Berichte über den Mordfall Brüggemann gebracht. Es hat keinen Zweck mehr, sich noch anzustellen, nichtsdestotrotz bleiben alle, die kommen. Sie riskieren den Schnupfen, den Katarrh und die Lungenentzündung, sie sind hungrig, müde, erregt und verfroren. Man ist ja das Stehen gewöhnt. Man ist längst auch das Vergebliche gewöhnt. Man steht in endlosen Schlangen am Arbeitsamt. Man hofft vergeblich auf Arbeit. Auch einige wohlbestallte Bürgersfrauen sind dabei, die ihren Haushalt vernachlässigen und um deren Ohren böse Bemerkungen fliegen.

Sonst wird nicht viel geredet. Alle gucken nach vorn, wo die Schupos den Eingang versperren. Ein paar Stunden dauert es noch. Für halb zehn ist die Verhandlung angesetzt.

Vor der Tür des Schwurgerichts ist man nicht ganz so geduldig. Hier braucht man nicht gerade zu frieren, hier hat man allerdings auch weniger Aussicht, in den Saal zu kommen, als der Allerletzte in der Schlange vorm Portal. Anfänger stehen hier, die nicht Bescheid wissen, wie das zugeht, Optimisten und Fanatiker.

Wachtmeister Schütz steht an der Saaltür wie ein Zerberus. Er antwortet auf keine Frage. Er hat ein Herz aus Kieselstein, will es scheinen. Er hält seinen Arm absperrend quer vor die Tür und schaut über alles Bitten und Betteln, Drängen und Bohren hinweg.

Von Zeit zu Zeit ruft er mit Donnerstimme: Wer keine Vorladung oder Eintrittskarte hat, hat das Gebäude zu verlassen. Zurücktreten hier, haben Sie eine Karte?

Man weicht geduckt bis zum Seitengang zurück, pirscht sich dann wieder näher. Immer umsteht ein Halbkreis Verzweiflungsvoller die Saaltür.

Oberstaatsanwalt Ritter im wallenden Talar, in sich gekehrten Blicks, kommt aus dem rechten Bogengang geschritten. Man macht ihm Platz, um augenblicklich hinter ihm drein sich durch die Tür zu quetschen. Alle Hälse recken sich. Für den Bruchteil einer Minute ist das Innere des Saales sichtbar. Aber man sieht nicht viel, nicht mehr als die mächtigen Kronleuchter an der Decke und die Bogenfenster, durch die etwas Morgen schimmert.

«Zehn Mark», murmelt ein wohlbeleibter Herr, dessen Augen verstört hinter der Hornbrille funkeln. Der Wachtmeister sieht über ihn hinweg, als wäre er Luft. «Eine Stunde, Mann, ich will ja nur die Frau sehen, eine halbe Stunde, in einer halben Stunde, Sie können sich drauf verlassen, bin ich wieder draußen.»

Der Wachtmeister ruft laut: «Zurücktreten hier, wer keine Einlasskarte oder Ladung hat», und wischt den Dicken mit seiner Hornbrille weg, wie man eine Fliege wegwischt von der Wand.

Kurz vor halb zehn wird das Portal geöffnet.

Es gibt ein wildes Gedränge. Es wird unterdrückt geflucht, geschimpft. Es wird geächzt, gejammert, geschrien. Ein wüstes Knäuel verzweifelt kämpfender Menschen windet sich die Treppe hoch, staut sich in breiter

Flut an der Saaltür. Die Frauen halten ihre Hüte fest und kneifen im tollsten Gequetsche die Augen zu.

«Halt, Schluss hier, besetzt.» Mit Gewalt wird die Tür zugeschoben. Das Treppenhaus bleibt von Menschen vollgestopft. Man ist entschlossen, weitere Stunden vergeblich zu warten. Von Zeit zu Zeit nachher werden sie heruntergejagt von der Treppe. Dann stehen sie wieder unten in der Turmstraße in langer Schlange.

Aber die Erregungswelle, die ausgeht von den Vorgängen hinter den hohen gotischen Fenstern, sie dringt auch bis hier unten hinab. Und darauf allein nur kommt es ja an: auf die Erregung, die Steigerung lüsterner Instinkte. Auf die Sensation kommt es an, allein nur auf die Sensation.

Durch die Saaltür fluten die Zeugen herein. Es entsteht eine Bewegung, als Stohp hereingeführt wird, mit zitterndem Unterkiefer und leise schüttelndem grauhaarigem Kopf.

Der Vorsitzende, Landgerichtsdirektor Paschen, hat bereits mit dem Gericht am grünen Tisch Platz genommen.

Die Presseplätze sind voll besetzt. Die Spannung ist aufs Höchste gestiegen. Es ist ein Raunen und Flüstern, ein Schaben und aufgeregtes Husten immerwährend zu hören.

Vor der Anklagebank sieht man Holsten, die Arme vor der Brust verschränkt, eine finstere Falte zwischen den Brauen.

Oberstaatsanwalt Ritter winkt einem der Wachtmeister. Er beugt sich vor und flüstert dem eifrig Hinzueilenden etwas zu.

«Ist das der Vorsitzende?», fragt ein junger Bursche den andern.

«Bist verrückt, Mensch, der Vorsitzende sitzt in der Mitte.»

«Der mit dem roten Gesicht?»

«Ick kann dir sagen, mit dem ist nicht zu spaßen.»

«So sieht er aus.»

Dr. Paschen, mit zornig gerötetem Gesicht, sieht nach der Uhr. Es ist zwei Minuten nach halb.

In diesem Augenblick betritt, von zwei Justizwachtmeistern geleitet, die Angeklagte den Saal.

Es wird so still, dass man eine Nadel fallen hören könnte.

Aller Augen sind Thea Iken zugewandt, die mit einem Ausdruck angstvoller Spannung die Reihen der Zeugen entlang sucht. Mit einem Male beginnt sie zu straucheln. Sie hat unter den Zeugen Joachim Brüggemann erkannt.

Die beiden Beamten stützen sie, so gut es geht, und schleifen sie in die Anklagebank, auf der sie kraftlos zusammenrutscht. Ihre Stirn sinkt gegen das Holz.

Dies ist der eine, einzige Augenblick in der zweitägigen Verhandlung, in der Thea Iken die Gewalt über sich verliert.

Dr. Paschen wartet voller Ingrimm, bis sie sich gesammelt hat. Er ist kein Menschenfresser. Er hat einiges begriffen im Laufe seiner Amtszeit. Aber er hasst die Verstockten. Er hasst die, die die Arbeit unnötig erschweren, indem sie nicht sprechen. Was soll das? Was soll das verbockte Schweigen in einem Falle wie diesem?

Thea Iken hat seit ihrer Einlieferung kein Wort mehr gesprochen, eine Energieleistung ersten Ranges. Es gibt nichts, was schwatzhafter wäre als ein Weib, und nichts, das zäher zu schweigen vermöchte, wenn es darauf ankommt, als ein Weib. Man kann dumm sein und im Bewusstsein seiner Beschränktheit lieber den Mund halten, als sich mit unvorbedachten Antworten reinlegen. Diese Frau ist hochintelligent. Ihr Schweigen ist Diplomatie. Sie hat die Tat bisher nicht geleugnet. Sie hat sie nicht zugegeben. Sie hat keine Silbe zu ihrer Verteidigung gesagt. Nichts über die Umstände vor der Tat war aus ihr herauszukriegen. Sie hat die Voruntersuchung in ganz unerhörter Weise erschwert. Weiß der Himmel, was zutage kommt, wenn sie plötzlich den Mund auftut. Und sie hat erklärt, in der Hauptverhandlung aussagen zu wollen. Warum eigentlich? Warum nicht eher? Dieses Weib ist voller gefährlicher Hinterhalte.

Direktor Paschen ist in übelster Laune. Er hat noch ein Hühnchen mit den Herren von der Presse zu rupfen. Was die nun schon wieder zu kritzeln haben, die Jungens, wo es noch gar nicht angefangen hat? Aber die sind schon mittendrin im Berichten.

Er klopft mit seinem Bleistift auf die Tischplatte. Es ist reine Nervosität, denn es ist so lautlos still, dass er sich nicht erst Gehör zu verschaffen braucht.

«Ehe ich mit der Verhandlung beginne, habe ich noch ein paar Worte an die Presse zu richten.

Die Tat, die heute zur Verhandlung steht, hat in der Öffentlichkeit ein ganz besonders starkes Interesse hervorgerufen. Es ist mir mitgeteilt worden, dass man sich in einer Rundfunkrede bereits eingehend mit dem Prozess beschäftigt hat. Aussagen der Angestellten des Bankhauses Brüggemann Sohn haben diesem Vortrag zugrunde gelegen. Ich kann nicht umhin, Erörterungen dieser Art bedauerlich zu finden. Ich beanstande auch die Art der Berichterstattung in einem Zeitungsartikel mit der Überschrift: ‹Wie Thea Iken zur Mörderin wurde.› In einem anderen Aufsatz fällt man bereits ein Urteil auf Totschlag. Derartige Urteile vor der Hauptverhandlung sind unbedingt zu verwerfen. Ein Streit über die Tat und ihre Beweggründe vor dem Ergebnis der Hauptverhandlung ist in keinem Falle zu billigen. Ich muss Sie daher bitten, meine Damen und Herren von der Presse, sich in Ihrer Berichterstattung streng an die Vorgänge der Verhandlung zu halten und Ihre Fantasie nach Möglichkeit im Zaume zu halten.»

Er beginnt jetzt die Vernehmung der Angeklagten über ihre persönlichen Verhältnisse. Thea steht schmal, dunkel, hohlwangig in der Anklagebank.

«Sie sind am 4. Mai 1902 als Tochter des Architekten Julius Iken zu Berlin geboren. Ihr Vater endete im Jahre 1906 durch Selbstmord. Ihre Mutter musste kurz danach einer Irrenanstalt überwiesen werden, in der sie noch heute lebt. Seit acht Jahren bestreiten Sie aus Ihrem Einkommen den Anstaltsaufenthalt. Stimmt das?»

Thea sagt leise: «Ja.»

«Sie wurden zunächst bei einer Schwester Ihres Vaters, Fräulein Hermine Iken, erzogen. Im Alter von zehn Jahren verließen Sie das Haus Ihrer Tante, blieben ein Vierteljahr vermisst und tauchten dann auf bei einem Kunstmaler Ernesto Alandi. Bis zu Ihrem fünfzehnten Lebensjahre blieben Sie im Hause des Herrn Alandi, der es Ihnen ermöglichte, das Lyzeum zu besuchen. Warum verließen Sie nun auch dieses Haus, und zwar, ehe Sie die Schule absolviert hatten?»

Thea sagt: «Ich fühle keinerlei Verpflichtung, an dieser Stelle darüber Auskunft zu geben.»

«Nun, die Beweggründe sind uns ungefähr bekannt. Als Sie erfuhren, dass Herr Alandi heiraten wollte, machten Sie einen Selbstmordversuch. Sie kamen ins Krankenhaus, von wo Sie spurlos verschwanden. Trifft das zu?»

«Ja.»

«Sie waren ein volles Jahr ohne festen Wohnsitz, verdienten Ihren Lebensunterhalt durch Erteilung von Nachhilfestunden, Heimarbeit, Adressenschreiben, als Zigarettenverkäuferin, Blumenhändlerin, durch Hausieren mit Strickwesten und Strümpfen. Sie unterwarfen sich einer Prüfung an der Schule, die Sie bis zur zweiten Klasse besucht hatten, und erhielten das Reifezeugnis des Lyzeums. Ist dies richtig?»

Thea Iken sagt: «Ich möchte nicht, dass auch nur der geringste Schatten auf den Namen Alandi falle. Alandi war ein wunderbarer Mensch, dem ich unendlich viel verdanke. Er hat mein – Vertrauen niemals missbraucht.»

«1923 traten Sie als Kontoristin in das Bankhaus Brüggemann Sohn ein. Sie sind dort bis zur Mordtat tätig gewesen. Nach einiger Zeit erhielten Sie Vollmacht und kurz darauf dann Prokura. Das stimmt alles, nicht wahr?»

«Ja, es stimmt.»

Der Eröffnungsbeschluss wird verlesen.

Es handelt sich darum, dass die Bankbeamtin und Prokuristin Thea Iken aus Berlin und in Berlin wohnhaft hinreichend verdächtig ist, am 11. Juni ihren Arbeitgeber, den Bankier Hans Brüggemann, im Bankgebäude Lützowplatz 1 ermordet zu haben.

«Bekennen Sie sich dieser Tat für schuldig, Angeklagte?»

Nach einer Weile sagt Thea: «Ich habe die Tat nicht begangen.»

Dies ist das erste Wort, das Thea Iken zu der Tat sagt. Es ist zwar noch lange kein Geständnis, aber immerhin bedeutet es das Ende ihres beharrlichen Schweigens. Paschen ist nicht recht wohl. Es wird eine hartnäckige Arbeit mit dieser Frau, das weiß er.

Die Zeugen werden aufgefordert, den Saal zu verlassen.

Angeklagte, schildern Sie uns jetzt mit allen Einzelheiten, was sich zwischen Ihnen und Herrn Brüggemann zugetragen hat, nachdem der Kassierer Veidt, der als Letzter der Angestellten das Banklokal verlassen hatte, gegangen war! Sie blieben mit Herrn Brüggemann allein in der Bank zurück.»

Thea hat volle sechs Monate Zeit gehabt, sich zurechtzulegen, was sie sagen will. Sie hat sich einen genauen Vorgang konstruiert aus dem wirklich Geschehenen und einer Ergänzung, die das Geschehene glaubhaft macht. Sie hat sich tausendmal im Geiste dem scharfsichtigsten Richter gestellt, hat Fragen über Fragen ersonnen, so unausweichbar wie möglich, und hat in endlosen Tagen und ihren elenden Nächten der Haft unverfängliche Antworten dazu ergrübelt, hat diese Antworten in imaginären Kreuzverhören erprobt, ihre Wahrscheinlichkeit unterwühlt und neue, verlässliche Auswege dem Hirn abgemartert.

Sie hat gestern noch den kurzen Hergang des Geschehens memoriert und ihn hieb- und stichfest gefunden. Jetzt, vor der Feierlichkeit des Gerichts, der ungewohnten Weite des Raumes, jetzt, unter hundert Blicken, die spähend auf sie gerichtet, beginnt das fest gefügte Gebilde sich zu umnebeln. Die Bedachtsamkeit lässt sie im Stich. Die Erinnerung dafür hebt ihr furchtbar lebendiges Antlitz.

Wach sein!, denkt sie krampfhaft und versucht, den Bann betäubender Erregung zu sprengen. Sie hat niemals frei vor so vielen Menschen gesprochen. Sie ist sechs Monate stumm gewesen, vollkommen stumm.

Paschen mit seinem grellen, von keinerlei Wimpern gemilderten Blick sieht ihr ungeduldig entgegen. Sein Haar ist kurz geschoren. Er hat eine rote, großporige Haut, die stark glänzt. Zwischen den Wülsten seiner Brauenbogen, die nackt sind, ist eine zornige tiefe Falte geschnitten, und dieselbe Kerbe, in einem komischen Dualismus, teilt auch sein rotes, nicht ganz hautreines Kinn. Er leidet an schlechter Verdauung und hat Pusteln am Kinn. Bei seinen Kollegen ist er nicht gerade beliebt, bei den Anwälten verhasst, den Angeklagten gefürchtet. Er ist noch jung, von sarkastischer, fühlloser Klugheit. Er wird eine Karriere machen, so viel steht fest.

Thea, die Hände ineinandergewunden, sagt: «Es war nichts Ungewöhnliches, dass ich mit Herrn Brüggemann allein zurückblieb.» Mein Gott, das hat niemand behauptet. Sie hätte anders beginnen müssen. Enthält nicht dieser erste Satz schon eine Falle? Ruhe, Ruhe.

Sie ist tiefblass. Ihre Augen sind angstvoll geweitet. Als sie merkt, dass ihre Hände unruhig sind, nimmt sie ihre Hände zurück.

«Ich habe meistens Überstunden machen müssen. Meine eigentliche Arbeit begann erst, wenn die Kassenschalter geschlossen waren. Herr Brüggemann war am Tage des Unglücks erst im Laufe des Nachmittags in die Bank gekommen. Er war den ganzen Morgen umhergelaufen, um Geld aufzutreiben. Auch die Briefe, die er mir diktierte, verfolgten den gleichen Zweck, Barmittel aufzutreiben, um die Katastrophe abzuschwächen, wenn nicht zu verhindern.»

«Welche Katastrophe?», unterbricht Paschen sie in gespieltem Erstaunen. «Von einer Katastrophe war doch gar keine Rede. Wie die Nachforschungen ergeben haben, war die Lage der Bank zwar nicht rosig, aber keineswegs hoffnungslos. Die Katastrophe, das möchte ich ausdrücklich betonen, wurde erst heraufbeschworen durch Brüggemanns Tod.»

Thea fühlt sich sicherer werden. «Ich kann dem Gericht hierin nicht recht geben», sagt sie mit Bestimmtheit. «Für unser Empfinden war das Ende da. Wir mussten damit rechnen, dass Herr Grubbe unsere Illiquidität bekannt machen würde. Damit hätten wir unweigerlich am nächsten Tage *Run* gehabt.»

«Diese Ansicht ist durchaus übertrieben. Grubbe hat noch am selben Nachmittag Geld auftreiben können und – um seine Kreditfähigkeit nicht zu gefährden – überhaupt nicht darüber gesprochen, dass er bei Ihrer Bank kein Geld bekommen hatte. Die Kreditabsage des

Bankhauses Lakefield in London kann auch nicht als so schwerwiegend erachtet werden, weil Herr Brüggemann in einer Zeit, da solche Absagen an der Tagesordnung waren, doch sicher damit gerechnet hat. Außerdem aber – und dieses war für das Gericht bei der Beurteilung der Situation entscheidend – hat die Firma Claasen in Hamburg am Tage des Mordes dreihunderttausend Mark an das Bankhaus Brüggemann Sohn zurückgezahlt.»

«Von dieser Rückzahlung war uns verhängnisvollerweise nichts bekannt.»

«Weil Sie die Benachrichtigung aus Gründen, über die Sie uns heute vielleicht Aufschluss geben, vernichtet haben!», ruft Paschen erregt.

Er entnimmt einem Stoß von Schriftstücken, die vor ihm aufgeschichtet liegen, einen Briefdurchschlag und reicht ihn an die Geschworenen weiter.

«Hier ist die Aufgabe der Firma Claasen, geschrieben und abgesandt am 10. Juni 1931. Der Brief muss am elften den Adressaten erreicht haben. Am 11. Juni vormittags hat die Angeklagte, wie ihre sämtlichen Kollegen nachher bezeugen werden, einen Brief in ihrer Handtasche verschwinden lassen. Das Gericht nimmt als feststehend an, dass es sich dabei um die Aufgabe der Firma Claasen gehandelt hat, dass der Brief vernichtet wurde, um die Lage der Bank verzweifelt erscheinen zu lassen und somit für den vorgetäuschten Selbstmord des Bankiers eine glaubwürdige Unterlage zu schaffen.»

Thea, in mühsam gewahrter Ruhe, sagt: «So bestechlich diese Argumentierung klingen mag, es war nicht die Benachrichtigung der Firma Claasen, die ich an mich nahm. Der Brief war an mich persönlich gerichtet und durchaus privater Natur.»

«Der Briefträger Ihres Bezirkes erinnert sich nicht, Ihnen einen Brief zugestellt zu haben.»

«Dann hat er ein schlechtes Gedächtnis. Es kam so selten vor, dass ich Privatbriefe in die Bank erhielt, dass er sich doch wohl daran erinnern müsste.»

Paschen liest die Akten nach.

«Die Zeugin Prill hat in der Voruntersuchung ausgesagt, dass sie Fetzen eines zerrissenen Schriftstückes am Nachmittag des 11. Juni im Toilettenbecken habe schwimmen sehen. Angeklagte, Sie sehen, dass die Beseitigung dieses Schriftstückes Sie ungeheuer belastet. Vielleicht, wenn es sich nicht um das Schreiben der Firma Claasen handelte, haben Sie die Güte, uns zu sagen, von wem Sie diesen Brief erhalten haben wollen, warum Sie ihn so eilig wegsteckten und warum Sie ihn allem Anschein nach noch am selben Tage in der Toilette vernichteten.»

Thea sagt müde: «Ich habe den Brief nicht vernichtet. Ich habe ihn erst abends zu Hause gelesen. Im Übrigen bitte ich, mich über diesen Brief nicht weiter zu befragen. Ich verweigere jede weitere Auskunft darüber.»

Paschens Gesicht brennt vor Röte. «Eine Erklärung,

die man schuldig bleibt, ist immer eine Aufklärung für das Gericht», sagt er ironisch.

Holsten sieht sich unwillig nach Thea um.

Die, jetzt vollkommen wach, der Gefahr bewusst, erwägt, was sie jetzt sprechen wird. Paschen unterbricht sie lange nicht. Aber er lässt keine Minute seinen grellen, ungläubigen Blick aus dem ihren.

Er horcht auf die Zwischentöne. Es schwingt da etwas mit in Theas Erzählung. Ob sie tatsächlich dem Ermordeten nahegestanden hat? Ob der Raubmord vorgetäuscht ist und man es mit einer Liebestragödie zu tun hat? Ein einziger Zeuge behauptet, zwischen der Iken und Brüggemann habe eine jahrelange Beziehung bestanden. Niemand sonst vermochte darüber auszusagen.

Es wäre ein neuer Beweis dafür, wie sehr diese Frau sich in Zucht hat. Sie lässt sich nicht in die Karten blicken. Wie planvoll steuert sie ihrem Ziele zu, mit wie viel Geschick deutet sie Brüggemanns Selbstmordabsicht an. Es wäre ja viel einfacher, sie ließe ihn freiheraus sagen: Ich schieße mich tot. Aber nein:

«Als ich zurückkomme aus der Registratur, sehe ich, wie er blitzschnell die Lade meines Schreibtisches zuschiebt. Ich wusste sofort, was er im Schilde führte. Er war sehr erregt. Seine Hände zitterten heftig. Er vertuschte sein Vorhaben nur schlecht. Ich wusste, er hatte den Revolver zu sich stecken wollen, den wir angeschafft hatten, als seinerzeit am helllichten Tage ein Überfall auf eine benachbarte Depositenkasse verübt worden war. Er lag entsichert in dem unverschlossenen Mittelfach meines Schreibtisches, um im Falle der Gefahr jederzeit zur Hand zu sein. Alle Angestellten wussten, dass er dort bereitlag.»

«Halt!», sagt Paschen und hebt seine blond behaarte, viereckig gedrungene Hand. «Bei dieser Tatsache müssen wir etwas verweilen. Es ist ganz ungewöhnlich, dass gerade Sie, als Frau, die Waffe in Gewahrsam hatten. Ihre Kollegen haben behauptet, dass Sie sich in geradezu auffälliger Weise dazu gedrängt haben. Sie sollen geäußert haben, Sie würden im Falle einer Gefahr unbedingt kaltblütig bleiben, zielen und treffen. Woher wussten Sie das so genau? Haben Sie jemals eine Schusswaffe in der Hand gehabt?»

Wieder diese elendige Pistolengeschichte, die seinerzeit gar keine Wichtigkeit hatte und nachträglich zu einem höchst verdächtigen Indiz aufgebauscht wird.

«Unser Kassierer Stohp war ein alter und zaghafter Mann. Raffke war etwas langsam. Herr Veidt hatte einen ungünstigen Platz. Ich saß so, dass ich jeden, der in die Bank hereinkam, unbedingt sehen musste. Und ganz ohne Frage hatte ich Veranlassung, mich für beherzter zu halten als alle meine Kollegen.»

Der Vorsitzende blättert in seinen Akten.

«Sie haben die Waffe trotz Herrn Brüggemanns Einspruch, trotz des Protestes Ihrer Kollegen an sich gebracht, ein halbes Jahr vor der Tat. Aus dieser Waffe ist der tödliche Schuss abgegeben worden. An dieser Waffe hat man Ihre Fingerabdrücke feststellen können.»

«Ja», sagt Thea, «ich nahm den Revolver an mich, als Brüggemann hinunterging in den Tresor. In meine Handtasche ging er nicht hinein. Ich legte irgendetwas darauf, damit er Brüggemann nicht wieder in die Augen fallen sollte. Der Täter muss sie nachher trotzdem gefunden haben.»

«Ich weiß nicht, Angeklagte, weshalb Sie uns unbedingt auch heute noch das Märchen von der Selbstmordabsicht Brüggemanns auftischen wollen. Es ist einwandfrei erwiesen, dass Brüggemann nicht durch Selbstmord geendet ist. Wir werden nachher die Herren Sachverständigen hören. Der Selbstmord war auf äußerst geschickte Art vorgetäuscht. Die Waffe war dem Opfer offenbar in die Hand gedrückt, während er noch im Sterben lag. Er hat sie im Todeskrampf umklammert.»

«Ich behaupte nicht», sagt Thea hastig und leise, «dass Brüggemann sich selbst erschossen hat. Ich will nur erklären, wie meine Fingerabdrücke auf die Waffe gekommen sind. Da ich den Revolver angefasst habe, mussten ja meine Fingerabdrücke daran haften geblieben sein.»

Diese ihn unerhört schlau dünkende Ausrede bringt Paschen in Wut.

«Es besteht überhaupt keine Veranlassung, eine Selbstmordabsicht Brüggemanns gelten zu lassen. Brüggemann war nicht der Mensch, der sich aufgab. Alle Angestellten bezeugen einmütig, dass er keineswegs am Mordtage den Eindruck eines Verzweifelten machte. Auch die Herren, bei denen er am Vormittag gewesen war, bestreiten, ihn verstört gesehen zu haben. Er hat überall in großer Ruhe und ohne jede Aufgeregtheit verhandelt. Außerdem hatte er wohlhabende Verwandte und Freunde, und wir wollen auch nicht vergessen, dass er eine Summe von annähernd hunderttausend Mark für sich beiseitegebracht hatte.»

Thea, nach langem Zaudern, sagt: «Er wollte sich nicht des Bankrotts wegen erschießen. Es war etwas anderes, Schlimmeres, das ihm drohte.»

Paschen horcht auf. Und Holsten horcht auf.

«Wie, Brüggemann hätte andere Ursachen gehabt, freiwillig aus dem Leben scheiden zu wollen, als den Zusammenbruch der Bank?»

«Ich glaube, dass der Zusammenbruch der Bank ihm nahezu gleichgültig war gegenüber dem anderen.»

«Und was war dieses andere?»

«Das kann, das darf ich nicht sagen. Es gibt Dinge, über die zu schweigen Ehrenpflicht ist. Brüggemann selbst hätte sie nie, in keiner noch so drängenden Situation, preisgegeben. Er hätte sich eher umbringen lassen, als darüber zu reden. Und so kann auch ich, nun er tot ist, nicht darüber sprechen. Er befand sich in einer Situation, aus der es kaum noch eine Rettung für ihn gab.

Und ich bin fest davon überzeugt, hätte ihn nicht eine fremde Kugel getroffen an jenem Abend, er wäre dennoch heute nicht mehr am Leben, es sei denn, dass es ihm möglich geworden wäre, einen Fluchtplan, von dem er mir ein paar Stunden vor seiner Ermordung sprach, auszuführen.»

«Angeklagte, mit solchen geheimnisvollen Andeutungen können wir hier nichts anfangen. Was wir brauchen, sind klare Beweise. Argumente, die Sie nicht durch den Beweis erhärten können, gelten vor Gericht nichts.»

Thea sagt: «Dann habe ich zu diesem Punkt nichts weiter zu sagen. Seine Erwähnung schien mir unerlässlich, um zu erklären, weshalb Brüggemann mir sein Geld übergab. Er wusste nicht, was mit ihm werden würde. Er hatte einen Sohn, dessen Zukunft seine ganze letzte Sorge galt. Es wäre fatal für Brüggemann gewesen, bei dem Zusammenbruch der Bank, der ja zu befürchten war, eine so beträchtliche Summe für sich behalten zu haben. So übergab er sie mir. Bei mir würde man sie nicht suchen, meinte er. Bei mir schien sie ihm sicher. Er musste fürchten, dass sein Sohn bei seiner starken sozialen Einstellung sie wahrscheinlich opfern würde für irgendwelche Leute, die ihr Geld bei dem Bankrott einbüßten. Kurz, er wollte diesen Betrag unter allen Umständen für seinen Sohn retten. Und so übergab er ihn mir.»

«Und warum, wenn er Ihnen zu Recht übergeben war, nähten Sie ihn in Ihre Matratze ein?»

«Weil ich wusste, dass man mich für Brüggemanns Mörderin halten würde, wenn man das Geld bei mir fände.» Leiser: «So ist es ja auch gekommen.»

Paschen sagt: «Sie sprechen von fünfzigtausend Mark. Nach einer präzisen Aufstellung, die sich unter Brüggemanns Papieren befand, müssen es annähernd hunderttausend gewesen sein.»

«Ich habe nur etwa fünfzigtausend bekommen. Es waren zehn Päckchen zu fünftausend Mark und einige kleinere Scheine.»

«Angeklagte, entspricht es nicht vielmehr der Wahrheit, dass Sie hunderttausend Mark mit nach Hause genommen haben, dass aber ein Teil der Geldscheine so stark mit Blut beschmutzt war, dass sie ihn lieber verbrannten?»

Thea ringt die Hände ineinander. «Ich habe einige Scheine verbrannt, vier oder fünf, es sind im Ganzen nicht mehr als zweihundert Mark gewesen.»

«Und warum verbrannten Sie diese Scheine?»

Schweigen.

«Die Blutspritzer», fährt Paschen mit erhobener Stimme fort, «die sich vereinzelt noch an anderen Geldscheinen fanden, konnten einwandfrei als Spuren menschlichen Blutes festgestellt werden, und zwar zur Blutgruppe o gehörig, der auch der ermordete Brüggemann zugeordnet war.»

Im Saale entsteht eine Bewegung des Staunens.

Thea, den Blick der in die Enge getriebenen Kreatur groß und entsetzt auf Paschen gerichtet, sagt, jedes Wort mit Mühe aus sich herausholend:

«Ich brauchte Ihnen die Erklärung für diese Blutspuren nicht schuldig zu bleiben, wenn nicht ein Gelöbnis, das ich Herrn Brüggemann gegeben, mich binden würde. Ich weiß, dass niemand im Saal mir diese Behauptung glaubt. Ich weiß, dass das Gericht sie als klägliche Ausrede gar nicht bewertet. Ich weiß, dass man mich verurteilen wird, weil ich auf die Frage nach den Blutspuren die Antwort schuldig bleiben muss. Ich werde das hinnehmen müssen, um des verehrten Toten willen, dessen Tragödie mich erschütterte. Um die Schweigepflicht nicht zu brechen, die er mir in einer unsagbar schweren und nie verwindbaren Stunde auferlegte.»

«Glauben Sie nicht», sagte der Vorsitzende mit einem verwunderlichen Klang von Milde in der Stimme, der alle aufhorchen lässt, «glauben Sie nicht, Fräulein Iken, dass dieser Tote Sie von der Pflicht des Schweigens entbinden würde, wenn er die Not sähe, in der Sie sich heute befinden?»

«Nein», ruft Thea, und ihre Stimme bricht um. Sie kann lange nicht weitersprechen. Sie steht da mit auf die Brust gesenktem Kinn in einer furchtbaren Anstrengung des unterdrückten Weinens.

«Fräulein Iken», sagt Paschen leise, «Sie werden uns nicht glauben machen wollen, dass es einen Menschen geben könnte, der ein solches Opfer annimmt von einem andern.»

«Doch», ruft sie verzweifelt ausbrechend. «Wenn er noch lebte, er würde es von mir erflehen. Und nun er tot ist ...»

Es folgt eine tiefe Stille allgemeiner Ergriffenheit. Von jetzt ab weiß es ein jeder im Saal: nicht um die Aufklärung eines Verbrechens geht es hier, um die Aufklärung einer unseligen Tragödie.

Paschen sagt nach langem Überlegen: «Ich halte es für notwendig, an dieser Stelle zu erwähnen, dass der ermordete Brüggemann im Rufe eines außerordentlich seriösen, ehrenhaften und vornehmen Bankiers stand. Und dass sich bei der Fusion der Bank in keiner Weise auch nur die mindeste Unübersichtlichkeit, von Unregelmäßigkeiten ganz zu schweigen, ergeben hat.»

Vor Beginn der Verhandlung am zweiten Tage, gleich morgens gegen acht Uhr – in den Gängen des Gefängnisses brennen allenthalben noch die Lampen –, verlangt Rechtsanwalt Holsten, bei seiner Klientin vorgelassen zu werden.

Er folgt der Wärterin, die vor ihm die Zellentür aufschließt, so unmittelbar, dass er noch Ausdruck und Geste erfährt, mit denen Thea Iken vom Viereck des vergitterten Fensters zurücktritt, den Blick aus einer langen Verlorenheit mühsam zurücknehmend.

Während der ganzen Unterredung, die von beiden Seiten aus in einer gesteigerten Heftigkeit, wenngleich fast flüsternd geführt wird, vermag er die Erschütterung nicht zu verwinden, die Theas ekstatisches Hinaufstarren in die Traurigkeit des grauen Himmels in ihm aufrührte.

Er hält ihre Hand fest und sieht ihr mit beschwörender Eindringlichkeit ins Gesicht.

«Nehmen Sie Vernunft an, Frau Iken.»

Thea schüttelt den Kopf.

«Ich kann auf Ihre Erklärungen nicht mehr länger warten. Heute wird Ihr Schicksal entschieden.»

«Sind die Plädoyers schon heute zu erwarten?»

«Sie machen es mir sehr schwer, Ihnen zu helfen, Frau Iken.»

«Es wäre leichter für mich, wenn man mir nicht zu helfen versuchte.»

«Frau Iken, es ist blanker Wahnsinn, was Sie da sagen. Sie können sich nicht selbst verteidigen. Man hat es gestern ja deutlich gesehen. Der Herzschlag setzte mir aus, als Sie keine plausible Erklärung für die Blutspuren geben konnten.»

«War sie nicht plausibel?», fragt Thea müde zurück.

Holsten sieht erschüttert auf sie hin. Ihre Wangen sind schmal geworden, ihre Schläfen- und Augenschatten unheimlich durchsichtig. Der Schimmer der Jugend ist ausgetilgt aus diesem Gesicht wie ein unnützer Tand, der nicht mehr vonnöten ist. Ein höheres Gesetz als das der Schönheit hat sich dieses Hauptes bemächtigt in den sechs Monaten der Haft und eine Maske des Leids geschaffen, die in ihrer Geduld, ihrer ergebenen Stille und Klarheit ergreifender wirkt, als alle Verzerrungen der Verzweiflung es jemals erreichen könnten. Holsten ist ein Mann von zweiundvierzig Jahren. Er ist vornehmlich ein Anwalt der Frauen. Er hat den Prozess der Gräfin Plack geführt, der die Zeitungsleser der ganzen Welt in Atem gehalten. Er hat Marie Dittmar befreit vom Verdacht des Gattenmordes. Er hat im Dach-Prozess die vierzehnjährige Käthe Dach, die ihre Schwester erstochen, vor der Härte des Gerichts bewahrt.

Holsten versteht sich auf die Psyche der Frauen. Wie kaum ein Mann vermag er ihren Gefühlsverwirrungen nachzuspüren. Er sieht ein Gesicht an und weiß um die verborgenen Hintergründe einer Tat. Er kennt die unzähligen Möglichkeiten weiblicher Verstellungskunst, von der bewusst zur Schau getragenen Maske der Unschuld bis zur völlig gelungenen Selbsttäuschung, die die Spuren eines Verbrechens nahezu auslöscht aus einer Seele und aus dem Spiegel einer jeden Seele, dem Gesicht.

Thea erkennt er nicht mehr. Einmal hat er geglaubt, sie klar zu erkennen, das war damals, als sie auftauchte über Veidts Gesicht: der Kopf einer Frau, die über Leichen geht, um den persönlichen Ehrgeiz zu stillen.

Aber wie sie ihm gegenübersteht jetzt, im schütteren Licht der Zelle, mit schmal gewordenen Wangen, leidvoll unterhöhlten Augen, da ist sie eine ganz andere Frau als jene. Die Erschütterung, die dieses Gesicht umgewandelt hat, ist anderer Natur als Furcht vor Vergeltung, als Entsetzen über die geschehene Tat. Er findet die Deutung nicht. «Sie haben mir doch gestern erst zugesagt, heute sprechen zu wollen», sagt Holsten drängend.

«Tat ich das? Es haben sich andere, schlimme Gesichtspunkte für mich ergeben. Ich muss noch abwarten, Dr. Holsten. Es ist alles unklar und sehr gefährlich geworden. Quälen Sie mich nicht. Ich darf noch nichts sagen. Ich weiß nicht, ob ich nicht überhaupt gar nichts mehr aussagen darf in der Verhandlung.»

«Frau Iken», sagt Holsten jetzt mit großer Schärfe, «ich besitze nicht die Tugend großer Geduld. Ich kann mir den Luxus nicht leisten, meine Zeit und meine Arbeitskraft erfolglos zu vergeuden. Es gibt wichtigere Dinge für mich zu tun, als vergeblich um das Vertrauen meiner Klienten zu betteln. Wenn Sie glauben, meiner persönlichen Diskretion nicht trauen zu dürfen, so habe ich Ihnen nun wohl schon häufig genug erklärt, dass meine Schweigepflicht als Anwalt Ihnen die Gewähr dafür gibt, dass Ihr Geheimnis bei mir so gut verwahrt ist wie bei Ihnen selbst...»

«Es tut mir bitter weh, Dr. Holsten, Sie kränken zu müssen. Ich möchte schon sprechen. O ja, wie gern, wie gern. Aber nein, nein, nein. Bitte gehen Sie, Holsten. Meine Rettung ist wirklich nicht so sehr wichtig. Es kommt auf mein elend verpfuschtes Leben nicht mehr gar so sehr an.»

«Frau Iken, haben Sie den Mann erschossen, um ihm zu ersparen, dass er es selbst tun müsste?»

«Nein», wehrt Thea gemartert ab, «lassen Sie mich, nein, nein, nein.»

«Frau Iken, geben Sie wenigstens zu, dass Sie den Mann geliebt haben und dass aus einer Verirrung dieser Liebe heraus die Tat geschah. Vielleicht hatten Sie Grund zur Eifersucht. Sie hatten einen entnervenden Tag hinter sich. Sie waren überreizt, überanstrengt, Sie hatten monatelang über das Maß Ihrer Kräfte hinaus gearbeitet und versucht zu retten, was doch nicht zu retten war. Sie wollten Brüggemann helfen, wie kein zweiter Mensch auf der Welt ihm zu helfen bereit war. Sie brachten es einfach nicht fertig, ihn allein in der Bank zu lassen. So kehrten Sie um. Oder sind Sie nicht umgekehrt, Thea Iken? Sprechen Sie doch, um des Himmels willen, es ist die höchste, die allerhöchste Zeit jetzt. Sie kehrten um und fanden eine andere Frau bei ihm. In der Nervenzerrüttung, in der Sie sich befanden, in der begreiflichen Aufregung und Verwirrung, griffen Sie nach dem Revolver, der noch offen auf Ihrem Schreibtisch lag, und Sie schossen.»

Thea reißt ihre Augen auf, irre, gemarterte, in die Enge gehetzte Blicke, die Schreckliches sehen mussten und Tag für Tag, Nacht für Nacht immer von Neuem sehen. Aber sie schweigt. Sie beißt sich auf die Lippen, dass ihre Lippen weiß werden mit einem blauen Schein des entwichenen Blutes.

«Thea, war es nicht so? Könnte man es nicht so drehen? Ich bringe Sie durch. Und wenn ich Sie auch nicht ganz freibekomme, ich erreiche eine Mindeststrafe, Bewährungsfrist.»

Thea, in jäher Ermattung, lockert ihre verkrampfte Haltung, schüttelt den Kopf und sagt: «Nein.»

Der Anwalt, seine Erbitterung niederzwingend, wartet nicht eine Minute länger. Mit einer formellen Verbeugung geht er davon.

Während er, heftig ausschreitend, den Hof überquert, der das Untersuchungsgefängnis vom Kriminalgericht scheidet, ist Holsten entschlossen, die Verteidigung niederzulegen.

Er kann nicht mehr an einen glimpflichen Ausgang dieses Prozesses glauben. Es kann ihm auch nicht gut zugemutet werden, eine Tat zu verteidigen, ohne auch nur das Mindeste über ihre Beweggründe zu wissen. Von dem, was Thea dem Gericht angibt, glaubt er kein Wort. Er blamiert sich unsterblich, wenn er Motive zitiert, die diese Frau unter Umständen widerlegt. Es wäre ihr zuzutrauen. Holsten findet sie unberechenbar.

Schließlich ist er nicht irgendein Winkeladvokat, der sich den Launen seiner mühsam zusammengeklaubten Klienten zu fügen hat. Er ist Holsten, dessen Plädoyer im Gerichtssaal ein Ereignis ist.

Er hat schon manchmal einen Prozess abgelehnt, aus Gründen, die nur ein ganz bedeutender Anwalt sich leisten kann. Sei es, dass die Höhe des Honorars um eine Schattierung zu selbstgefällig betont wurde oder weil ihm daran lag zu zeigen, dass dieser Fall ihm in seiner Bedeutung vor der Öffentlichkeit nicht genügte.

Und nun erklärt ihm diese – Stenotypistin letzten Endes, dass seine Verteidigung ihr nicht erwünscht sei. «Es wäre leichter für mich, man versuchte nicht, mir zu helfen.»

All right, mein Kind, kannst du haben. Aber du kannst verdammt Pech haben bei deiner Dickköpfigkeit und wirst unter Umständen dein schönes Haupt unter das Richtbeil halten müssen. Dein intelligentes Profil wird sich in den illustrierten Blättern ganz ausgezeichnet machen. Es wird eine neue Debatte über das Todesurteil entbrennen. Nach kurzer Zeit werden neue Skandalgeschichten die deine verdrängen. Und ich werde mich vor dankbareren Aufgaben sehen, als dein recht bedenkliches Geheimnis zu lichten.

Er beantwortet den Gruß des Wachtmeisters, der bei seinem Eintritt in das Gerichtsgebäude übereifrig zuspringt, ihm die Tür offen zu halten, ohne aufzuschauen, mit einem kurzen «Danke» und geht eilig, dass es in den leeren Gängen dröhnend widerhallt, in der Richtung des Schwurgerichtssaales.

In der wuchtigen Treppenhalle schlagen bereits brausend die Geräusche vom oberen Flur zusammen: Stimmen und Scharren von Füßen, das Lautgewirr, das die Anwesenheit unruhiger Menschen verrät.

Der Andrang auf der Straße ist stärker, heftiger, ungeordneter als am Vortage.

Man kann seine Sucht, vorzudringen bis in die Sphäre der Spannung, kaum noch bezähmen.

Man greift zur Selbsthilfe, indem man allerlei Lösungen mutmaßt und in mehr oder weniger verhüllten Andeutungen weitergibt.

Der Name Veidt taucht auf und geht wieder unter. Der Kassenbote Schwartzkopf soll sich am Vortage in angetrunkenem Zustande prahlerisch geäußert haben, das Geheimnis läge bei ihm. Er würde mit einem Schlage Licht in die Sache bringen.

Unter den Arbeitslosen grassiert die Behauptung, der Mord wäre ein Racheakt der um ihr Brot betrogenen Angestellten, die Brüggemann hätten zwingen wollen, die für sich beiseitegebrachten Gelder redlich mit ihnen zu teilen. Stohp hätte geschossen. Aber die Iken verrate ihn nicht.

Aus den hunderttausend Mark werden Millionen. Brüggemann spukt im Kopf dieser Leute als ein Abschaum kapitalistischer Gewissenlosigkeit, der den Zusammenbruch der Bank lediglich inszeniert habe, um sich an fremdem Geld zu bereichern und seine Angestellten ins Verderben zu bringen.

Über die zerrütteten Verhältnisse in der Familie Stohp wandern Schauergerüchte um. Stohp sei von der Wohlfahrtsunterstützung ausgeschlossen, da er seine Entlassung durch Widersetzlichkeit selbst verschuldete. Eine Waschfrau aus der Invalidenstraße will wissen, dass von der ganzen Familie Stohp auch nicht ein Stummel mehr übrig sei. Stohp habe sich und die ganze Familie mit Gas vergiftet, eine Behauptung, an der traurigerweise wahr ist, dass Hilde Stohp, nachdem sie durchs Abitur gefallen war, in der ersten Verzweiflung sich in den Landwehrkanal gestürzt hat, von einem beherzten Chauffeur jedoch vom Tode des Ertrinkens gerettet wurde.

Wie gesagt, in der Turmstraße brodelt die Spannung. Vor dem Schwurgerichtssaal indessen hat man sich für heute Ruhe zu schaffen gewusst.

Der Vorplatz des Saales ist gegen die beiden Seitengänge hin durch quer gestellte Bänke versperrt. Beamte der Schutzpolizei sorgen dafür, dass kein Unberufener diese Grenze passiere.

Vor den Bänken staut sich ein Häuflein Beharrlicher, das keine noch so furchtbare Drohung verscheuchen kann.

Man starrt allerseits wie gebannt auf die Zeugen, die in der Einfriedigung der Bänke sich nicht viel anders verhalten wie eingesperrte Tiere vor neugierigen Beschauern. Sie rennen unruhig auf und ab, stehen hilflos und selbstvergessen im Raum. So zum Beispiel weiß Haffke gar nicht, wohin mit sich. Er hat sein Faltboot längst an den Lieferanten zurückgeben müssen, natürlich ohne die Anzahlung herauszubekommen. Es ist aus mit dem Traum von Masuren, aus mit der Freude am Leben, das kaum erst begonnen hat. Es ist aus nämlich mit seiner Liebe um Hanni, die einen Postbeamten gefunden hat in pensionsberechtigter Stellung. Grund genug für den ehrlichen Haffke, hier wahrhaft ratlos herumzustehen, ein leckerer Bissen für die Sensationsgier der Neugierigen, die ihn unverhohlen betrachten und sich schadlos zu halten versuchen für die Nervenkitzel, von denen sie ausgeschlossen sind.

«Ist das der Veidt, der Blonde?»

«Nee, das dahinten ist Veidt, der Dunkle.»

«Was ist denn mit diesem los? Er sieht doch so komisch aus.»

«Kann man's wissen?»

Ein Mädchen sagt über die Schulter weg: «Der ist doch arbeitslos.»

«So, arbeitslos?» Sie sind enttäuscht. Arbeitslos sind sie selbst, sind viele.

Nur die Prill hat eine Stellung gefunden. Sie trägt eine aufreizend neue Lacktasche unterm Arm.

Als Holsten um den Pfeiler biegt, von seinen ärgerlichen Gedanken getrieben, klafft die Gaffermenge ehrerbietig auseinander, um sich tuschelnd umso enger sofort wieder hinter ihm zu schließen.

«Holsten, Holsten.»

«Wo, wo?»

«Na der da, der im Talar.»

«Er soll mit der Iken was haben. Er macht ihren Prozess für umsonst.»

Wieder eine kleine Entschädigung für die Vergeblichkeit ihres Ausharrens.

Mit einigen schnellen Blicken überschaut Holsten die versammelten Zeugen, die im Halblicht des schlecht erleuchteten Ganges von einer seltsamen Fragwürdigkeit umwittert scheinen.

Veidts fiebrig glimmender Blick aus tief liegenden Augenhöhlen, doppelt unheimlich über der Magerkeit seiner skeletthaft ausgearbeiteten Wangen, seine schlechte Gesichtsfarbe, die offen zutage tretende Verwahrlosung seines Anzuges, lassen die Vermutung berechtigt erscheinen, dass in diesem Menschen immerhin Möglichkeiten ruhen könnten, die für diesen Prozess von Interesse wären.

Holsten kann sich des Gedankens nicht erwehren, dass ebenso wohl Stohp in der blöden Stumpfheit seiner vorquellenden Augen das glaubwürdige Porträt des nach der Tat einem leisen Wahnsinn verfallenen Mörders abgeben könnte.

Und wie er, diesem Gedanken spielerisch nachgehend, sich noch einmal umschaut, trifft es sich, dass gerade auch Joachim Brüggemann sich umschaut nach ihm.

Joachim, der den Anwalt nicht hat kommen sehen, erschrickt. Er nimmt seinen Blick nicht sofort zurück. Und Holsten, aufs Seltsamste von diesem Erschrecken berührt, lotet den seinen mit bohrender Eindringlichkeit in den geweiteten, einen Herzschlag lang völlig fassungslosen, verstörten Blick des Knaben.

Der Gerichtshof ist bereits anwesend. Im Zuschauerraum hockt stumm und gespannt die Menschenmenge. Nur die Presseleute, die bereits abgehärtet sind gegen die Feierlichkeit des Gerichts und die Unerhörtheit der Spannung, wagen es, sich flüsternd zu unterhalten. Der Zeichner Dostin wischt an einer Kohlezeichnung, den vergleichenden Blick in nicht misszuverstehender Eindeutigkeit hin und her schickend zwischen seinem Zeichenblock und dem ingrimmig verbissenen, in bösen Abstrichen gefalteten Gesicht des Vorsitzenden.

Lohr vom «Berliner Tageblatt» sieht Dostin über die Schulter. «Bisschen mehr Nase, und dein Kinn ist beleidigend wohlwollend. So, feste, ein Kinn wie ein Popo, was? Gestern ist er keinen Schritt vorwärtsgekommen. Die Sache stagniert, verstehste?»

Ja, der Prozess stagniert. Paschen hat immer noch kein klares Bild. Er hat noch nie einen Prozess geleitet mit einer so verschwommenen Vorstellung von den Hintergründen der Tat.

Ihm sitzt die Erklärung dieser dreimal vermaledeiten Frauensperson für die Blutspuren im Eingeweide wie ein verschluckter Knochen.

Ein höchst plumpes Dumping, ein dummdreister Versuch, die Antwort schuldig zu bleiben, und eine echte Weiberausrede fürwahr. Jeder Mann trüge berechtigte Scheu, sich vor dem sinnfälligsten Beweise seiner Schuld mit einer pietätvollen Rücksicht auf sein Opfer herauszureden. Pfui Deibel, einer solchen Blasphemie ist nur ein Weib fähig.

«Ein Versprechen, dem verehrten Toten gegeben.» Zum Lachen, nein, einfach zum Kotzen. Die ganze Nacht hat er es gehört. Die ganze Nacht, den ganzen Morgen bis hier in den Saal, und hier, hier in dieser Atmosphäre erst recht, haut er sich mit seinen Gegenargumenten rum. Ohne Erfolg. Was ist los? Er glaubt ihr. Es war da eine Echtheit im Ton, wie sie es sagte, es war da eine Verzweiflung in ihrem Blick, eine Mischung von tiefstem Frauenwissen und eingeschluckter Bitterkeit ob der erprobten Eigensüchtigkeit, mit der Mannsbilder Frauenopfer annehmen. Kurz: Sie hat die Wahrheit gesprochen, und wenn alles andere, was sie sagt, schmählichste Lüge ist. Dies stimmt, dass ein Geheimnis hinter der Schose ruht. Und dieses Geheimnis aus ihr herauszubrechen, aus diesem zähen, heroisch sich wehrenden Weib, das wird keine Kleinigkeit sein. Nein, es wird elendig misslingen.

Mit hämischer Schadenfreude erkennt Paschen an der Miene des eintretenden Holsten, seines achtungsvoll gehassten Widerparts, dass auch dieser Veranlassung hat, sich unbehaglich in seiner Haut zu fühlen.

Als Holsten, von vielen Seiten ehrerbietig gegrüßt und allerseits neugierig angestarrt, seinem Platz zuschreitet, wird gerade auch Thea hereingeführt. Zu gleicher Zeit nehmen sie Platz, und Holsten denkt: Entweder ist sie eine ganz große Komödiantin oder ein Wesen von ungeheurer seelischer Spannkraft.

Thea hat sich in den zehn Minuten, die seit seinem wortlosen Fortgang verstrichen, erstaunlich gesammelt. Sie schaut ruhig und aufmerksam um sich. Sie hat jede Furchtsamkeit abgelegt und scheint durchaus im Vollbesitz ihrer Geistesgegenwart.

Holsten, durch den kleinen Zwischenfall auf dem Flur in seiner Wachsamkeit gesteigert, setzt sich seitlich vor die Anklagebank, damit er seine Klientin während der Zeugenvernehmung im Auge behalten kann.

«Den Bankbeamten Hermann Veidt!»

Der Wachtmeister am Saaleingang reißt die Flügeltür auf und ruft mit Donnerstimme, dass es in den Bogengängen mächtig widerhallt: «Hermann Veidt! Bankbeamter Hermann Veidt!»

Auf dem Gang werden Schritte hörbar.

Veidt kommt herein. Er schiebt sich widerwillig durch die Tür. Er bleibt zugeschlossenen Gesichts, mit verhärteten Backen, über deren herausstehenden Knochen die Haut sich glänzend spannt, am Eingang stehen, macht ein paar Schritte in den Saal hinein und geht, die Brauen ob seiner Unsicherheit ärgerlich zusammengeschoben, mit gesenktem Kopf eilig bis vor den Richtertisch.

Seinen Hut hält er in der Hand, diesen braunen Hut, der schon etwas schäbig war, als Veidt noch dreihundertfünfzig Mark Gehalt bezog, als er noch Arbeit hatte. Als er noch lebte, dachte, fühlte, wie ein Bürger in geregelten Lebensumständen lebt und denkt und fühlt.

Nun hat er diesen Hut viel in den Händen gehabt die letzten Monate, hat ihn gedreht, zerknüllt, misshandelt bei seinen vielen Bittgängen treppauf, treppab, beim vergeblichen Warten vor fremden Türen, beim Bitten vor Direktoren und Abteilungsleitern, Prokuristen, Lehrlingen und Portiers. Regen ist darauf niedergegangen, Staub ist darin kleben geblieben, und die Sonne hat Regen und Staub getrocknet.

Als Veidt arbeitslos wurde, hat er noch einen Wintermantel gehabt. Er hat eine nie wiedergutzumachende Dummheit begangen. Er hat diesen Mantel, der neu war, verkauft für fünfzig Mark und einen alten für acht Mark erstanden. Ein taktischer Fehler. Auf keinen Fall findet man eine neue Stellung mit so einem Mantel.

Die Taschen sind eingerissen und notdürftig gestopft. Die Ärmel sind zu kurz. Seine erfrorenen Hände hängen lang und rot heraus. Der Rücken ist ihm zu weit. In der Gegend des Sitzes ist der Stoff abgeschabt und schimmert grünlich.

Es ist dieser Mantel, der Veidt so unsicher macht. Auch sind seine Schuhe nicht mehr in Ordnung. Der Redakteur der Volkspresse hat nur auf die Schuhe, einzig allein auf Veidts elende Schuhe geblickt, und nun schreibt er eifrig.

Veidt, in einer nicht auszudrückenden Hoffnungslosigkeit, steht vor dem Tribunal.

«Wollen Sie weltlich schwören oder religiös?», fragt der Vorsitzende.

«Weltlich», sagt Veidt. Er räuspert sich. Er hebt drei Finger seiner erfrorenen roten Hand.

Ein Rauschen geht durch den Saal. Alle erheben sich. Die Richter nehmen ihre Barette ab, die Geschworenen stehen von ihren Lehnstühlen auf. Es erheben sich alle, die anwesend sind im Saal: die Presseleute, die Sachverständigen vor ihrem Tischchen, der dicke Wachtmeister an der Tür. Es erhebt sich Holsten, es erhebt sich Thea Iken in ihrem schwarzen Kleid und schaut in tiefstem Mitleiden auf ihren einstigen Arbeitsgenossen. Es erhebt sich, wie emporgehoben, mit einem Schlage die Rotte der Zuschauer hinter dem Sperrgitter und auf den Emporen.

Die Feierlichkeit des Ortes, die plötzliche Stille, wie mag sie rühren an das Herz des gehetzten, von Not und Hunger gepeinigten Arbeitslosen Veidt?

Er spricht mit zerhackter, heiserer Stimme, bald zu hastig, bald stockend, zuletzt überlaut und erbost, die Eidesformel nach.

Wieder Rauschen, Rücken der Bänke, Erwartung, dann Paschens Stimme.

«Sie sind als letzter der Angestellten am elften Juni aus der Bank gegangen. Nach Aussage des Zeugen Schwartzkopf, der leider heute erkrankt ist, sind Sie noch ungefähr eine volle Stunde mit Herrn Brüggemann und der Angeklagten allein in der Bank gewesen.»

Veidt antwortet hierauf nichts.

«Nun erzählen Sie mal, welche Eindrücke Sie in dieser Stunde hatten. Was taten Sie, was tat Herr Brüggemann, was tat Fräulein Iken?»

Veidt schweigt.

«Nun los, Herr Veidt, womit also beschäftigten Sie sich?»

Veidt dreht seinen Hut: «... Ich stand da herum.»

«Wo standen Sie herum?»

«Ich stand an meinem Platz.»

«Sie standen an Ihrem Platz, schön. Hatten Sie noch zu tun?»

«Ich tat nichts.»

«Sie arbeiteten also nicht mehr. Der Tag war ja wohl ziemlich aufregend gewesen. Sie waren alle etwas verstört.»

Veidt lacht auf. Ziemlich, denkt er, etwas verstört, etwas, jawohl, mein Herr, etwas. Er sagt nichts.

«Da Sie nicht arbeiteten, so haben Sie vielleicht Herrn Brüggemann und Fräulein Iken beobachtet. Womit zum Beispiel war Fräulein Iken beschäftigt?»

«Ich habe nichts beobachtet», sagt Veidt.

«Herr Veidt, nun bitte, erzählen Sie mal ein bisschen flott. Die Angeklagte behauptet, sie habe an ihrer Maschine gesessen und Herr Brüggemann habe ihr diktiert. Stimmt das?»

«Es ist möglich.»

«Wissen Sie es nicht genau?»

«Nein, ich weiß nichts von dem Tag.»

«Herr Zeuge, Ihr Arbeitsplatz war dem der Angeklagten direkt gegenüber. Sie müssen sich doch besinnen, ob die Angeklagte dort geschrieben hat und ob Herr Brüggemann dabei war, Herrgott noch mal!»

«Das muss ich selbst wissen, ob ich mich besinne», sagt Veidt.

«Zeuge Veidt, ich möchte Sie ermahnen, meine Fragen etwas disziplinierter zu beantworten. Sie selbst sind im Zusammenhang mit dem Morde verhaftet gewesen. Die Tat ist noch nicht voll geklärt. Ihr Alibi für die fragliche Zeit ist, wie Sie wissen, nicht ganz einwandfrei. Sie haben ganz besondere Veranlassung, zur Aufklärung des Falles beizutragen. Und ich ermahne Sie in aller Eindringlichkeit, uns jetzt endlich ausführlich zu schildern, was Sie an jenem Abend gesehen, gedacht und empfunden haben. Ist Ihnen irgendetwas aufgefallen an Herrn Brüggemann oder Fräulein Iken?»

«Was ich empfunden habe?», sagt Veidt und lacht wieder auf. «Ich habe empfunden, dass alles aus war. Das genügte, bis heute immer noch genügt mir das.»

Paschen zwingt sich zur Ruhe.

«Standen Sie in irgendeiner Beziehung zu der Angeklagten? Hierauf können Sie die Aussage verweigern. Waren Sie mit ihr befreundet, standen Sie ihr irgendwie nahe?»

Holsten, von diesem ganz neuen, kühnen Gedanken überrascht, späht Thea vorgebeugt ins Gesicht. Das wäre eine Möglichkeit, dass sie diese arme Kreatur schützen wollte. Vielleicht überraschte sie ihn, konnte den Mord nicht mehr, wohl aber den Raub vereiteln und das Indiz beiseiteschaffen.

Thea, seinen Blick spürend, wendet den Kopf. Sie senkt ein wenig den Mund vor Verachtung.

Veidt hat keine Antwort gegeben. Er starrt mit vollkommen leerem Blick dem Vorsitzenden ins Gesicht.

«Zeuge Veidt, ich frage Sie, sind Sie mit der Angeklagten ... Sie können auch hierauf die Aussage verweigern, wenn Sie antworten, müssen Sie jedoch bei der reinen Wahrheit bleiben, sonst machen Sie sich des Meineids schuldig, auf dessen Folgen ich Sie ausdrücklich hinweisen möchte – sind Sie mit der Angeklagten am Mordabend oder die Nacht darauf noch irgendwie zusammen gewesen, haben Sie telefonisch oder persönlich mit ihr noch gesprochen ...?»

Veidt sagt: «Wenn ich nicht auszusagen brauche, dann lassen Sie mich doch. Ich kann Ihnen nichts sagen.»

«Sie verweigern also die Aussage?»

Es entsteht eine tiefe Stille. Aller Blicke richten sich auf Thea, die um einen Schein bleicher geworden zu sein scheint, aber in großer Festigkeit auf den aufsässigen Veidt schaut.

«Ich möchte eine klare Antwort von Ihnen, Herr Veidt, verweigern Sie auf meine Frage, ob Sie mit der Angeklagten an dem fraglichen Abend nach Ihrem Fortgang aus dem Dienst noch zusammen gewesen sind oder sie persönlich oder telefonisch noch gesprochen haben, die Aussage? Ja oder nein?»

Veidt, jäh und maßlos ausbrechend aus seiner mühsam gewahrten Beherrschung, schreit: «Ja, ich verweigere die Aussage. Denn dieses alles hier ist mir vollkommen egal. Ich will mit diesem Dreck nichts zu tun haben, verstehen Sie?»

In das allgemeine Entsetzen hinein sagt Thea Iken fest:

«Veidt hat mich nicht mehr gesehen und nicht mehr gesprochen. Er hat mit dem Morde nichts, nicht das Geringste zu tun.»

Paschen, blaurot geworden bis in die gebuckelte Stirn, sagt erzwungen ruhig und leise, die Maßlosigkeit des Zeugen sowohl wie Theas unerlaubte Einmischung übergehend:

«Sie wissen das so genau, Angeklagte?»

«Ja, ich weiß es genau.»

«Das würde voraussetzen, dass Sie ebenso genau wissen, wer also mit dem Morde zu tun hat.»

«Ja», sagt Thea, «das weiß ich.»

«Noch Fragen an den Zeugen Veidt?»

Paschen lässt seine Blicke mit gut gespielter Gleichmütigkeit über die geduckten, entsetzten, seinen Schlag erwartenden Gesichter wandern.

«Setzen Sie sich!» Paschen deutet mit lässiger Kopfbewegung nach hinten, wo die Zeugenbänke bereitstehen.

Veidt, angestrengt aufrecht, brennend in verzweifelter Scham, die Backenknochen hart gebissen, tritt vom Gericht zurück.

«Den Zeitungshändler Wilhelm Bolke.»

Der Zeichner Dostin wechselt einen verstohlenen Blick mit Lohr, der ein Auge zukneift.

Holsten fühlt einen kleinen lustvollen Kitzel in der Herzgrube, ein tief innerstes prickelndes Vergnügen an der geschickten Strategie, der inquisitorischen Klugheit des Präsidenten. Jeder Stümper hätte Theas Behauptung, mit der sie sich so weit vorgewagt, mit einer Meute gieriger Fragen zu Tode gehetzt, ihr Gelegenheit zu einem Rückzug gegeben, zu einer Abschwächung zum Mindesten, einer ihrer geheimnisvollen Andeutungen auf jenes Schweigeversprechen.

Paschen lässt ihrem Eingeständnis die volle Wucht. Man kann sicher sein, dass er im gefährlichsten Augenblick darauf zurückkommen wird.

Bolke berichtet in aller Biederkeit, dass er Thea kurz nach halb neun am Abend des Mordes eine Zeitung vorgehalten, die sie aber nicht hingenommen habe.

«Und Sie erinnern sich deutlich, dass sie vom Schöneberger Ufer kam und in die Lützowstraße, Richtung Lützowplatz, einbog?»

«Ja, Herr Richta», sagt Bolke bieder, «ich besinn mir. Die Dame is meine Kundschaft.»

Als der Flugschüler Joachim Brüggemann aufgerufen wird, entsteht Unruhe auf den Emporen.

Die Außenstehenden, vom Klang des Namens getroffen, versuchen gewaltsam, sich Einlass zu schaffen.

Es gelingt ein paar Frauen, sich durch die Tür zu quetschen. Das Zischen des Wachtmeisters ist hinter ihnen drein. Sie laufen eilig die Bänke entlang in der Hoffnung, der Ausweisung zu entwischen. Der Wachtmeister schimpft unterdrückt, und es wird gelacht.

«Ruhe da!», schreit Paschen, und alles sieht nach hinten, wo ein kirschrotes Gesicht sich zwischen den Türspalt klemmt.

Holsten benutzt die Gelegenheit, sich auf seiner Bank unauffällig noch etwas mehr seitwärtszuschieben, um Thea unauffälliger beobachten zu können.

Er hat wohl gemerkt, wie sie zusammengeruckt ist bei der Nennung des Namens.

Sie kauert sich tief in die Bank. Sie ist nicht sehr groß im Sitzen. Es gelingt ihr, fast ganz zu verschwinden. Nicht mehr als die tiefschwarze Kuppe ihres Kopfes ist sichtbar.

Joachim, nachdem er, stehen bleibend an der Tür,

dem Gericht seine Verbeugung gemacht, kommt mit der Aufgerichtetheit eines Knaben, der unter keinen Umständen Furcht verraten will, nach vorn.

Sehr gerade, sehr tapfer, die Spuren der furchtbaren Erschütterung, die seine Jugend zwiefach durchschnitten, deutlich im abgemagerten Gesicht, steht er vor dem Tribunal.

«Unter vorläufiger Aussetzung der Vereidigung. – Sie waren am Mordtage nicht im Dienst, da Sie sich erkältet hatten und mit Fieber zu Bett lagen. Hatten Sie einen Arzt konsultiert?»

«Nein.»

«Ist Ihnen am Tage vor dem Mord irgendetwas aufgefallen, das auf die Tat hingewiesen hätte?»

«Nein. Aber wir waren alle sehr aufgeregt. Mein Vater war ungewöhnlich gereizt. Er warf Stohp raus. Er jagte auch mich aus der Bank. Ich habe ihn dann gar nicht mehr gesehen, denn er kam sehr spät in der Nacht nach Hause.»

«Wissen Sie, wo er sich in dieser Nacht aufgehalten hat?»

«Nein.»

«Herr Brüggemann, zur Aufklärung der Tat, der Ihr Vater zum Opfer fiel, werde ich gezwungen sein, ein paar Fragen an Sie zu richten, die mir zu stellen und Ihnen zu beantworten nicht sehr angenehm sein wird. Ich bitte Sie, versichert zu sein, dass diese Fragen zur Durchführung des Prozesses unerlässlich sind, und bitte Sie, die Fragen nach bestem Wissen und Gewissen zu beantworten.»

«War die Angeklagte zuweilen bei Ihnen zu Hause?»

«Nein, niemals.»

«Wissen Sie, ob Ihr Vater sie in ihrer Wohnung besuchte?»

«Nein.»

«Was heißt nein? Wissen Sie es nicht, oder war es nicht der Fall?»

«Ich weiß es nicht.»

«Sie halten es für möglich?»

Holsten erhebt sich. «Ich protestiere gegen diese Art der Fragestellung. Da der Zeuge es nicht weiß, erübrigt sich die Frage, ob er es für möglich hält. Das Gericht hat sich an Tatsachen zu halten, nicht an von Zeugen erwogene Möglichkeiten.»

«Ich bin gern bereit, diese Frage, an deren Beantwortung mir – Verzeihung – außerordentlich viel gelegen ist, konkreter zu stellen», sagt Paschen mit einer kleinen ironischen Verbeugung zu dem Anwalt hin.

«Herr Brüggemann, Ihr Vater ist in der Nacht vor dem Morde zu sehr später Stunde nach Hause gekommen. Wie die Mitbewohner der Angeklagten bekunden, ist in derselben Nacht zu sehr später Stunde die Stimme eines Mannes im Zimmer der Angeklagten zu hören gewesen. Und zwar ist erregt gesprochen und anscheinend gestritten worden. Haben Sie irgendeinen Anhaltspunkt dafür, anzunehmen, dass es sich dabei um Ihren Vater gehandelt haben könnte?»

«Nein.»

Joachim antwortet in jenem knappen, fast militärischen Tone, in dem die politische Jugend zu ihrem Fahrer spricht.

«Da die Person der Angeklagten Ihnen beiden vertraut war, ist anzunehmen, dass Sie zu Hause gelegentlich über Fräulein Iken sprachen.»

«Nein, niemals!»

«Wie, überhaupt nicht? Sprachen Sie gar nicht mit Ihrem Vater über die Angestellten seiner Bank?»

«Doch, aber nicht über Fräulein Iken.»

Der Vorsitzende denkt nach.

«Ich kann mir nicht denken, Herr Brüggemann, dass Ihr Vater die Angeklagte niemals erwähnt haben soll. Wenn ich mich richtig besinne, waren Sie erst ein halbes Jahr in der Bank Ihres Vaters tätig. Wussten Sie bis zu diesem Tage nichts von Fräulein Iken?»

«Doch, dass sie tüchtig war.»

«Weiter nichts? Nur dass sie tüchtig war? Sie können uns aber doch gewiss etwas darüber sagen, ob Ihr Vater, sagen wir mal, ein ganz unbedingtes Vertrauen zu ihr hatte. Wie Ihnen bekannt ist, behauptet Fräulein Iken, von Ihrem Vater die fünfzigtausend Mark zur Aufbewahrung bekommen zu haben. Liegt dies im Bereich des Möglichen?»

«Durchaus.»

«Sie halten es für möglich? Wie erklären Sie sich dann aber die Tatsache, dass die Angeklagte das Geld in ihrem Bett versteckte, dass Blutspritzer an einzelnen dieser Scheine waren, dass die Angeklagte bis zu ihrer Verhaftung von diesem Geld überhaupt nicht gesprochen hat?»

Joachim sagt gequält: «Das weiß ich nicht. Es ist doch da etwas passiert. Ich kann mir das alles nicht erklären.»

«Wollen Sie uns noch, bitte, sagen, welchen Eindruck Ihr Vater in den letzten Tagen vor seiner Ermordung gemacht hat. Besteht eine Veranlassung anzunehmen, dass er sich mit Selbstmordgedanken trug?»

«Das kann man wohl nie sagen.»

«Nun, es könnte doch sein, dass Ihr Vater deprimiert, niedergeschlagen, mutlos wirkte.»

«Mein Vater war nicht glücklich. Er war sehr verschlossen und hatte schon lange Sorgen wegen der Bank.»

Paschen schweigt eine Weile. Soll er diesen Knaben veranlassen, auszusprechen, was Thea Iken vielleicht verschweigt, um den Namen des Toten zu schützen?

Holsten schaut Thea an, unverwandt nur Thea. Unauffällig sich reckend, schaut er in ihre Verborgenheit hinter der Anklagebank, erspäht den Kampf ihrer ineinandergerungenen Hände, das Zucken ihrer Schultern, die wächserne Weiße ihres Nackens. Sie hält die Augen und den Mund in einem lautlosen Stöhnen halb geöffnet.

Schon will Paschen das Verhör beenden, schon wendet er den Kopf, die Zustimmung des Gerichtes einzuholen, da fragt er:

«Und Sie selbst, Sie haben doch mit Fräulein Iken ein halbes Jahr zusammengearbeitet, welchen Eindruck hatten Sie selbst von der Angeklagten?»

Joachim sagt: «Darüber kann und möchte ich mich nach dem, was vorgefallen ist, nicht äußern.»

Holsten horcht nach hinten.

Paschen vereidigt Joachim nicht.

Als er sich auf die Zeugenbank begibt, wandert ein verstohlenes Schauen ringsum. Das Gericht sitzt steinern.

Paschen ruft laut: «Stud. arch. Brigitte Neubert.»

Man hat Veidt in den Saal kommen sehen, in einem schäbigen Mantel, mit einem abgegriffenen Hut. Und die ganze Trostlosigkeit eines schlimmen Zeitalters hat sich um ihn verbreitet.

Man sieht die Studentin Brigitte Neubert in den Saal kommen in einem Konfektionsmäntelchen, das einstmals grün gewesen sein mag (bananengrün hieß diese Farbe, es ist ein paar Jahre her, dass man sie trug). Die Baskenmütze, verwegen aufs Ohr gedrückt, muss ebenso wie Veidts Hut Regen und Sonne, wieder Regen und Sonne, allzu viel Regen und allzu viel Sonne getroffen haben, sie hat keine eigentliche Farbe mehr. Sie ist unbestimmt dunkel, ein wenig speckig und flockig verfilzt. Nun, das macht gar nichts. Keineswegs breitet sich Trostlosigkeit aus, als die junge Studentin polternd mit ihren wetterverhärteten Schuhen hereinkommt. Sie verbreitet Jugend und Frische.

Sie ist der Typ der neuen sich bildenden Generation, die harte Lebensbedingungen nicht schrecken, weil sie nichts anderes kennt.

Brigitte, man spürt es an ihrem unbekümmerten Schreiten, gehört zu jener Gattung großfühlender Jugend, die nicht um die Zukunft bangt und zagt, sondern frisch draufloskämpft für den schmalen Raum, den man heute, nur gerade heute braucht, um bestehen zu können. Das Morgen wird sich von selbst ergeben, wenn man nur geradeaus geht, den Kopf klar, das Herz kühl behält.

Es ist etwas herrlich Draufgängerisches um die junge Studentin. Weder Paschens rotes, nacktes Gesicht noch die steif sitzende Runde des Tribunals noch die Anwesenheit eines so zahlreichen Publikums vermag die junge Studentin einzuschüchtern.

Sie hat gleich an der Tür aus ihren hellen und schnellen Augen einen hurtigen Blick nach dem Zuhörerraum gezielt, wo eine Rotte junger Studenten ein gelindes Füßescharren anhebt.

Von diesem Empfang befeuert, sagt sie laut, ohne gefragt zu sein:

«Stud. arch. Brigitte Neubert, einundzwanzig, wohnhaft Berlin W 35, Schöneberger Ufer 40 bei Kirstein, nicht vorbestraft.»

Paschen, noch versenkt gewesen in die Linien jenes anderen Gesichts, das soeben erst von ihm fortgetreten, hebt überrascht den grellen Blick.

Holsten lächelt nur mit den Augen. Sein Mund bleibt ernst.

Im Saal entsteht eine leichte Lockerung, ein Nachlassen der folternden Spannung und eine gewisse Bereitschaft zur Heiterkeit.

«Wollen Sie den Eid in religiöser oder in weltlicher Form leisten?»

Brigitte Neubert (Pindopp mit Spitznamen, man hat es hinten gehört, ihr unterdrückt nachgerufen), einundzwanzig Lenze alt, ein Meter siebenundfünfzig klein, Studentin der Architektur im zweiten Semester, ausgerissen aus einer ehrbaren Sekretärsfamilie (irgendwo ostwärts der Weichsel), nicht hübsch, nein, keineswegs hübsch, ohne Monatswechsel, ohne gute Beziehungen, aber ein kleiner, tapferer, fröhlicher Kerl, sagt, dass man es auch im äußersten Winkel des riesigen Raumes versteht:

«Ich möchte überhaupt nicht schwören. Ich weigere mich auszusagen.»

Oho. Der Geschworene Papst, Rektor der Machnower Waldschule seines Zeichens, rückt entrüstet an seinem Klemmer. Er muss einen neuen Klemmer haben. Er kann durch den alten nicht mehr scharf genug sehen. Das ist ja ein Tönchen, endlich mal etwas, was ihn angeht, ihn ganz allein. Denn mit der heutigen Jugend weiß er Bescheid: keine Zucht, keine Ehrfurcht, überhaupt keine Disziplin.

Oberstaatsanwalt Dr. Ritter, bisher in regloser Lässigkeit auf seinem erhöhten Gestühl verharrend, bewegt seine sehr gepflegte Hand und greift mit ihr um sein Kinn, als gelte es, widerspenstige Bartgebilde zu bändigen. Ganz selbstverständlich hat er keinen Bart. Er ist Kavalier allererster Form.

Im Zuschauerraum wird auffallend viel gehustet. Paschen sieht fürchterlich drein. «Was soll das heißen, Zeugin? Sind Sie mit der Angeklagten verwandt, verschwägert? Haben Sie zu fürchten, sich durch Ihre Aussage strafrichterlicher Verfolgung auszusetzen?»

«Nichts von alledem, sondern ich unterwerfe mich einem Gesetz nicht, das keine andere als die verwandtschaftliche Beziehung hochhält.»

Beifälliges, diesmal lauteres Füßescharren in den vorderen Bänken des Zuhörerraums.

«Ich bitte mir Ruhe aus, dort hinten!», schreit Paschen hochroten Gesichts. «Hörsaalmanieren sind hier nicht am Platze.»

Pindopp, der die Möglichkeit öffentlichen Hervortretens in bedeutsamer Rede vorschwebt, ruft:

«Ich wage zu behaupten, dass jede freiwillige Bindung von Mensch zu Mensch eine höhere Treue verlangt als die willkürliche der Blutsverwandtschaft. Verrat am Freunde ist so niedrig wie der am Bruder und ein Geliebter, ein Wohltäter mindestens so wichtig wie ein Vetter dritten Grades. Und jeder meiner bedrängten Studiengenossen wäre mir so viel wert als ein Schwager, den ich nicht kenne ...»

«Wenn ich Sie recht verstehe», benutzt Paschen ihr Ausholen zu erneutem Anlauf, «so wollen Sie mit dieser etwas umständlichen Paraphrase andeuten, dass Sie mit der Angeklagten befreundet sind?»

«Leider nicht», ruft Brigitte leidenschaftlich, «leider kann ich mich ihrer Freundschaft nicht rühmen. Aber ich verehre, ich bewundere sie. Ich beneide sie wegen ihrer Tüchtigkeit, ihrer Unbeirrbarkeit, wegen ihrer bedingungslosen Hingabe an eine Pflicht, die ihr selbst die allergeringsten Vorteile brachte.»

«Wovon sprechen Sie?»

«Ich spreche davon, dass sie Bankangestellte war und in diesem Beruf, der den Aufstieg der Frau unterdrückt wie kaum ein zweiter, sich eine Stellung erarbeitet, ein Können erworben hat, das ihr, wäre sie ein Mann, wahrscheinlich das Gehalt und den Titel eines leitenden Direktors eingebracht hätte. Weil sie Frau war, genügte es, wenn sie schuftete wie ein Direktor, nominell blieb sie die Sekretärin mit einigen Vollmachten, ihr Gehalt kam über dreihundert Mark nicht hinaus. Was Sie über die Pflicht hinaus tat – und das war viel –, blieb unerwähnt.»

«Zur Sache! Wir haben keine Zeit, Reden zu schwingen. Wenn jeder Zeuge so lange brauchte, um zum Anfang zu kommen, verhandeln wir in acht Tagen noch.»

«Ich rede zur Sache, Herr Präsident. Ich sage aus, was ich zu dem Fall zu sagen habe. Es will mir nicht einleuchten, dass wir Zeugen nur antworten sollen auf Fragen, die uns gestellt werden, die die erwünschte Antwort bereits in sich bergen. Dabei bleibt Wesentliches oft ungesagt. Ich möchte das Bild der Angestellten Thea Iken zeigen.»

«Hat sich die Angeklagte ...», lässt Oberstaatsanwalt Ritter unvermutet seinen etwas gesalbten Bass ertönen, und alle sehen verblüfft auf ihn hin, «... hat sich die Angeklagte der Zeugin gegenüber dahingehend beschwert, dass ihre Arbeit nicht genügend anerkannt würde? War sie unzufrieden mit ihrer Besoldung?»

Pindopp ist herumgefahren wie von der Natter gestochen.

«Ich danke Ihnen, Herr Oberstaatsanwalt, für das vortreffliche Beispiel, das Sie mir im rechten Moment zuwerfen. Eine weniger verantwortungsvolle Zeugin würde jetzt vielleicht ‹Ja› sagen aus lauter Angst, einen Meineid zu leisten, denn ich habe des Öfteren ganz allgemein mit Fräulein Iken über die Minderbesoldung der Frau, ihr mangelndes Ansehen im geschäftlichen Leben, die Schwierigkeit ihres Aufstiegs in leitende Stellungen gesprochen. Aber ich betone – und bin bereit meinetwegen, hierauf den Eid zu leisten –, dass Fräulein Iken nie und nimmer sich über irgendwen oder irgendwas beklagt hat. Sie trug den Raubbau an ihrer Freiheit, ihrem Frauentum, ihrem Recht auf Lebensfreude und Lebenserfüllung mit wahrhaft heroischer Selbstverleugnung.»

«Nun, nun, nun», beschwichtigt Paschen, dem die temperamentvolle kleine Göre Spaß zu machen beginnt, «Sie haben eine allzu radikale Auffassung von der beruflichen Anspannung der Frau.»

«Von der beruflichen Ausnutzung, ja! Es ist Raubbau

in meinen Augen, wenn ein Arbeitgeber das Leben seiner Angestellten buchstäblich auffrisst, wenn er sie von morgens früh bis abends spät hinter den Schreibtisch klemmt, wenn er ihnen die Möglichkeit nimmt, neben dem beruflichen Leben auch noch ein, wenn auch nur kleines, Privatleben zu führen. Wo neben dem Berufsdasein ein privates nicht existiert, da verlieren beide, Arbeit und Leben, ihren höheren Sinn, denn es ist der Sinn der Arbeit, uns das Leben zu erschließen, und nicht, es uns zu sperren.»

Das sind erstaunliche Worte im Mund einer jungen Studentin. Paschen überlegt, ob sie heute vielleicht ein Kolleg über «Ethik der Arbeitszumessung» gehört haben kann.

«Thea Iken – das ist, worauf ich hinauswill – gehört zu jenen Frauen (von ihnen gibt es Tausende auf der Welt), die durch das Übermaß ihrer Pflichten vollkommen isoliert und vereinsamt sind. Sie hat gearbeitet und ist allein gewesen. Auf ihre Kosten hat Herr Brüggemann wahrscheinlich ein recht abwechslungsreiches und vergnügliches Leben geführt.»

«Fräulein Neubert, ich glaube, sofern Sie nicht etwas Konkretes noch vorzubringen haben, das mit der Tat unmittelbar im Zusammenhang steht, kommen Sie jetzt zu Ende.»

«Dann darf ich wohl daran erinnern, wie bezeichnend es ist, dass Herr Brüggemann dieser seiner Angestellten, die er zurückließ vor einem größeren Nichts als seine Angehörigen, das Geld zur Aufbewahrung übergab, das er sich gesichert hatte. Symptom einer beispiellosen Gleichgültigkeit gegen sie. Was aus ihr würde, kümmerte ihn nicht viel. Aber er bediente sich ihrer Treue und Zuverlässigkeit gleichsam als eines Tresors, in dem ihm dieses nicht ganz ehrenhaft erübrigte Geld sicher war.»

Die kleine Studentin schweigt erschöpft und ein wenig verworren, denn zuletzt ist ihr die Macht über das, was sie sagen wollte, etwas entglitten.

Sie spürt an der Nachdenklichkeit der vor ihr versammelten Gesichter, dass sie das Gegenteil erreicht bat von dem, was sie sagen wollte. Denn eigentlich hat sie ja nun ein Argument für die Tat beleuchtet.

«Ich meine natürlich ...» Paschen wehrt lächelnd ab. «Wir haben schon richtig verstanden.»

Eine freundliche Helligkeit bleibt eine Weile noch auf allen Gesichtern.

Es wird das Dienstmädchen Emma Pagel vernommen.

«Sie haben am elften Juni, abends zwischen halb neun und neun, vor dem Bankhaus Brüggemann Sohn auf den Omnibus zwei gewartet?»

«Ja.»

«Erzählen Sie, was Sie bemerkten.»

«Es sah einer rein in die Bank.»

«Ein Mann versuchte, so haben Sie es jedenfalls in der Voruntersuchung geschildert, in das Innere der Bank hineinzusehen», hilft Paschen nach. «Können Sie den Mann beschreiben?»

«Ich sah bloß, dass er reinguckte. Durchs Schlüsselloch. Oder etwas drüber. Mehr hab ich nicht gesehen.»

Paschen erklärt: «Die äußere Tür der Bank hatte Milchglasscheiben mit einem linierten Muster, das oberhalb des Schlüssellochs etwas zerkratzt war, sodass man bei einiger Anstrengung in das Innere der Bank hineinsehen konnte. Die innere Schwingtür war aus klarem Glas. Vom Eingang aus konnte man sowohl den Arbeitsplatz der Angeklagten als auch die Tür zu Brüggemanns Zimmer sehen.»

Er wendet sich wieder der Zeugin zu.

«Sie werden sich doch vielleicht noch besinnen, welchen Eindruck ungefähr der Mann auf sie machte. War er groß, klein, alt, jung? Besinnen Sie sich, was er anhatte?»

«Was Helles.»

«Einen hellen Mantel oder einen hellen Anzug?»

«Das weiß ich nicht. Ich hab nur was Helles gesehen und dass er auf die Klinke fasste und runterdrückte. Das hat er zweimal gemacht.»

«Und was machte er weiter? Blieb er noch stehen, oder ging er fort?»

«Das weiß ich nicht, ich bin auf den Omnibus gestiegen.»

«Zeugin, dieser Mann ist uns ungeheuer wichtig. Höchstwahrscheinlich hat er den Täter gesehen. Nun denken Sie doch mal genau nach. Wie alt, glauben Sie, kann er gewesen sein?»

«Jung.»

«Sehr jung?»

«Ich weiß nicht.»

«Na, Emma, Sie haben doch bestimmt einen Schatz. War er so alt wie Ihr Schatz oder jünger?»

«Ich hab keinen Schatz.»

«Na, aber vielleicht ist hier im Saal ein Mann, der ungefähr so aussieht wie der, den Sie beobachtet haben. Haben Sie sich die Zeugen angesehen, die draußen mit

Ihnen auf dem Flur gewartet haben? Der Zeuge Veidt zum Beispiel hält es für möglich, dass er an dem betreffenden Abend in die Bank reingesehen hat. Er ist an dem Tage sehr aufgeregt gewesen und erinnert sich nicht mehr genau, was er alles gemacht hat. Drehen Sie sich mal um und sehen Sie sich den Zeugen Veidt an, ob er das gewesen ist.»

Das Mädchen, in großer Unsicherheit, wendet sich um und blickt auf Joachim Brüggemann.

Der Vorsitzende, der ja hinter ihr sitzt, kann nicht sehen, dass sie auf Joachim schaut.

«Stehen Sie mal auf, Veidt», ruft er nach hinten, «damit das Mädchen Sie sehen kann.»

Veidt steht auf.

Das Mädchen dreht sich, ganz ratlos geworden, dem Richtertisch wieder zu.

«Nein, der nicht», sagt sie zögernd.

«Herr Stohp, stehen Sie, bitte, mal auf. Auch Stohp ist an diesem Abend noch vor der Bank gewesen.»

«Nein, nein», sagt das Mädchen lebhaft, «der war es nicht.»

«War es denn überhaupt ein Herr, oder war es ein einfacher Mann, ein Arbeiter oder so?»

«Es war ein Herr.»

Paschen erklärt dem Gericht: «Es besteht die Möglichkeit, dass, wie es häufig vorkam, ein Kunde des Bankhauses noch zu so später Stunde, zumal er sehen konnte, dass drinnen noch Licht brannte, versucht hat hineinzukommen. Unsere Ermittlungen in dieser Hinsicht haben leider zu keinem Resultat geführt.»

«Sie können uns also nichts Näheres über den Mann sagen?»

Die Zeugin, sichtlich unsicher, sagt: «Nein.»

«Dann setzen Sie sich.»

Das Mädchen geht nach hinten, auf die Zeugenbänke zu. Es sind fünf Bänke. Auf jeder sitzen gleich vornean zwei bis drei Personen. Die letzte Bank ist leer. Auf der vorletzten sitzt allein Joachim.

Das Dienstmädchen Emma Pagel steuert auf die letzte Bank zu. Sie käme also hinter Joachim zu sitzen.

Vor Joachim hingegen sitzt Frau Kirstein. Als das Mädchen an Frau Kirstein vorbeiwill, stößt Thea Iken, auf die lange niemand geachtet hat außer Holsten, einen Wehlaut aus und schlägt mit der Stirn gegen die Kante der Bank, dass es dröhnt.

Holsten springt hinzu, und der Gerichtsarzt läuft zu ihr hinüber. Im Zuschauerraum stehen viele auf, um besser sehen zu können. Es entsteht ein rechter Tumult.

Das Dienstmädchen Emma ist stehen geblieben und sieht in mitleidigem Entsetzen, wie alle es tun, auf die Anklagebank hin, wo man sich um Thea bemüht.

«Nein, nein, nein», sagt Frau Kirstein, die es nicht mit ansehen kann. «Wie kann sie auch so was machen, ich sage ja. Ich hab es immer gesagt.»

Und weil das Dienstmädchen Emma meint, dass zu ihr gesprochen wird, und sie andererseits froh ist, nicht so mutterseelenallein mehr vor dieser unheimlichen Versammlung zu sein, setzt sie sich neben Frau Kirstein.

Holsten stellt es mit einem raschen Zurückblicken fest. Der Gerichtsarzt schaut Thea unter das Lid und bemerkt, dass ihre Ohnmacht nicht ganz echt ist.

Es wird eine Pause von einer Stunde angesagt.

Als Holsten in großer Hast, den Mantel noch offen, aus dem Portal des Kriminalgerichts eilt, sieht er Joachim gerade noch um die Ecke Rathenower Straße verschwinden.

Holsten bescheidet seinen Chauffeur durch einen Zuruf, nach Hause zu fahren und ein Abendessen für zwei Personen bereitstellen zu lassen.

Als er die Rathenower Straße erreicht, ist Joachim bereits sehr weit vorne zu sehen. Der Vorsprung, den er gewonnen, ist auffällig. Sollte er gelaufen sein?

Es gelingt Holsten nicht, den Abstand wesentlich zu verringern. Wenn ihm der Zufall, richtiger: wenn ihm sein guter Instinkt nicht hilft, verliert er Joachim aus der Nase. Die drei großen Verkehrsstraßen vor dem alten Gericht bieten reichliche Möglichkeiten des Entkommens für jemand, der entkommen will.

Schon dass Joachim in Alt-Moabit, der großen Ausfallstraße nach dem Westen, nicht zu sehen ist, gibt zu denken. Eine Straßenbahn ist gerade nicht abgefahren. Die Geleise sind frei. Der Omnibus einundzwanzig schwankt an die Haltestelle. Unter den Einsteigenden ist Joachim nicht. Er ist auch auf der Paulstraße nicht, und die Invalidenstraße kommt ihrer großen Übersichtlichkeit wegen nicht infrage. Bleiben die Seitenstraßen, welche von zweien?

Blitzschnell entscheidet sich Holsten für die, die eigentlich nicht infrage kommt. Der Junge ist helle, denkt er. Und hat recht: Er sieht ihn am Ende der Gasse ein beachtliches Tempo verfolgen. Er biegt dann um eine Ecke, ohne sich umzuschauen. Verdammt. Der Anwalt beginnt zu laufen. Als er die Ecke Werftstraße erreicht, ist von Joachim keine Spur mehr zu sehen. Unmöglich kann er die ganze Strecke bis zur nächsten Kreuzung geschafft haben. Warte, Bürschchen. Holsten ist entschlossen, die Straße ohne Joachim nicht zu verlassen.

Er braucht indessen nicht lange zu warten. Nach etwa zehn Minuten tritt Joachim aus einem Rauchwarengeschäft, eine Zigarette zwischen den Zähnen. Es sieht erst aus, als wolle er dem Anwalt entgegenkommen, dann macht er kurz entschlossen kehrt und entfernt sich in Eile.

An der Haltestelle Lessingstraße springt er auf die gerade anfahrende Straßenbahn 119. Aber er hat Pech. Die Bahn muss an der Kreuzung Alt-Moabit warten, und Holsten, schon halb und halb bereit, die Verfolgung aufzugeben, kann in aller Gemächlichkeit auf den Hinterperron aufsteigen.

Er zieht eine Zeitung aus der Tasche und liest. Joachim sitzt drinnen im Wagen, ihm halb den Rücken zuwendend.

Vor der Untergrundstation Wedding, die Bahn fährt bereits wieder an, kommt Joachim unerwartet aus dem Wageninnern heraus, springt ab und lässt sich schlucken von dem Gewühl der aus dem Bahnhofszugang herausquellenden Menschenmassen.

Wenn er Glück hat, erwischt er einen gerade abfahrenden Zug. Aber er hat kein Glück. Donnernd, als er noch kaum auf der Treppe ist, verlässt der Zug die Station.

Da wendet Joachim sich brüsk, tritt auf Holsten, der ihm dicht auf den Fersen ist, zu und sagt mit gezogenem Hut: «Sie verfolgen mich.»

Als an diesem Abend die Zellentür hinter der Wärterin ins Schloss fiel, ist es Thea gewesen, als habe sie diesen Laut zum ersten Male mit Bewusstsein vernommen. Sie hat, mitten in der Zelle zurückbleibend, voller Entsetzen sich umgeschaut nach dem Kreischen des Riegels und den entschlurfenden Schritten nachgelauscht, bis sie gänzlich vergangen waren.

Sie ist an die Tür gestürzt, die glatt ist, ohne Klinke und ohne inwendiges Schloss, und das Grauen der eingesperrten Kreatur ist sie angesprungen wie ein Wolf.

Sie hat lange Zeit die Gitter des kleinen Fensters umklammert, versucht, ihr jagendes Herz zu beschwichtigen. Am Himmel haben Gebirge schwarzer Wolken gestanden. Von unten, wohin sie nicht hinabschauen kann, sind die Geräusche der Straße mit einer ihr entsetzensvoll zum Bewusstsein dringenden Jenseitigkeit heraufgeschlagen.

Sie hat sich bezwungen, hat Rufen und Schreien in sich niedergeknebelt, hat sich zu Bett gelegt, von Fiebern der Angst überrannt, die Decke über den Kopf gerissen und sich hineingezwängt in einen gewaltsamen, angestrengten, von qualvollen Träumen durchstoßenen Schlaf.

Aber in der Nacht zerbirst diese spröde Decke des Halbbewussten. Mit einem gellenden Schrei fährt sie empor, hingerissen gegen das helle Geviert des kleinen vergitterten Fensters, vor dem grell der Mond steht.

Mit rasenden Pulsen, mit furchtbar gegen die Brust hämmernden Herzschlägen kriecht sie zurück unter die Decke. Ihre Zähne klappern vor Kälte und Aufregung.

Sie ist im Gefängnis, ist eingesperrt, eingeriegelt. Sie kommt überhaupt nicht mehr raus. Morgen Abend wird man das Urteil sprechen. Fünfzehn Jahre sind ihr gewiss.

«Fünfzehn Jahre», denkt sie und hält sich die Schläfen, in denen ein Schmerz pocht und bohrt, «wie lange ist das denn überhaupt? Wer weiß, wie lang fünfzehn Jahre sind?»

Es ist die Hälfte ihres bisherigen Lebens. Es ist die ganze Dauer von Kindheit und Jugend. Wie lange, wie intensiv hat sie gelebt, bis sie fünfzehn Jahre alt wurde. Das war ein volles Leben für sich. In fünfzehn Jahren erobert man sich die Welt. Und für die gleiche Zeitspanne, die fast unendlich scheint, soll sie nun ausgelöscht sein als Mensch, als Schaffende und als Frau?

Fünfundvierzigjährig wird sie wieder entlassen werden, ein lebender Leichnam, ein gestorbener Rest von Leben. Die Fürsorge wird ihr vielleicht eine kleine Beschäftigung schaffen. Vielleicht wird sie hinter der Schreibmaschine dann noch einmal Bürodienst machen dürfen. Und das ist dann das Leben gewesen. Das ist dann Thea Iken gewesen!

Ein Kribbeln wie von tausend Ameisen rennt ihr über die Haut.

Nein, schreit sie, nein, und stürzt aus dem Bett. Sie hat keine Möglichkeit der Flucht. Sie kann nicht mehr machen in ihrer Herzensangst als einen Schritt von einem halben Meter Weite. Dann fühlt sie die Mauer. Sie taumelt mit dem Rücken hin gegen diese Mauer, die kalt und feucht hochkriecht an ihrer von der Schwäche der Angst genässten Haut. Eisiges Entsetzen bohrt sich in ihr Rückenmark.

Und wie kaltes Wasser, so ernüchternd, gießt ein Gedanke sich über sie aus. Ein Wort, und ich bin frei. Einen Namen, hineingeschrien in diese skeptischen, feindlichen, misstrauisch wühlenden Gesichter, und ich bin gerettet.

Sie sieht Paschen vor sich, wie man auf der Leinwand im Kino ein Gesicht aufwachsen sieht, übermenschlich vergrößert. Sie sieht seine rote, blanke, großporige Haut, den grellen Blick einer Viper, sie sieht das Misstrauen, das sie belauert, sieht den Dünkel, mit dem er festhält an seiner vorgefassten Meinung. Kein Wort hat er gesagt zu ihrem halben Geständnis, so voller Verächtlichkeit ist er für das, was sie vorbringt.

Sie sieht den Staatsanwalt sich gegenübersitzen, kokettierend mit seiner aristokratischen Hand, mit seinem überheblichen, weisen Lächeln. Sie sieht den Schreiber kritzeln und sieht die neugierige Masse im Hintergrund hocken wie ein einziges bestialisches Tier mit hundert Augen und Mäulern, aus denen der Geifer niedrigster Sensationsgier träuft.

Eine einzige Erklärung, hineingeschleudert in diese scheußlichen, erbarmungslosen, selbstgefälligen Gesichter, und sie erstarren in Staunen und Beschämung und jämmerlicher Ratlosigkeit.

Und keine Stunde später – sie denkt es, den schmerzenden Kopf hin und her wälzend an der Wand –, morgen um diese Zeit, nein, viel früher, am Tage schon, am Tage, wenn die Sonne scheint, wenn es hell ist, lebendig und froh auf den Straßen, dann wird sie, Thea Iken, auf leichten seligen Füßen in einem nie gekannten Rausch der Freiheit durch die Straßen laufen, rennen, tanzen. Dann wird sie ein zweites Mal geboren, nein, ein erstes bewusstes Mal dem Leben gegeben sein.

Sie denkt es in einer ungezähmten Wildheit des Verlangens, freizukommen, aber eine Hölle brennt hinter diesen verlockenden Bildern, die sie in Großaufnahme sich vorführt. Sie sieht alles, sie sieht den Kurfürstendamm mit seinen eleganten Geschäften, sie sieht gepflegte Frauen spazieren gehen mit ihren Luxushündchen, sie sieht den Tiergarten in einer ergreifenden Kahlheit daliegen mit einer ganz dünnen Decke von Schnee. Sie sieht sogar das möblierte Zimmer im Haus der Frau Kirstein, in dem man aus und ein gehen kann, wie es einem beliebt.

Aber hinter diesem allen steht ein anderes Bild. Hinter diesem allen ist das Bild dieser Zelle. Und ein Mensch steht vor dem Geviert des vergitterten Fensters, vor dem jetzt sie steht. Das Eingesperrtsein, das Ausgeschlossensein, die Raserei der Verzweiflung, sie werden hineingestürzt sein in eine andere Menschenseele, sofern sie fortgeht von hier. Und sie wird die Not dieses anderen Menschen miterleben müssen, in einer grauenhafteren Kerkerfolter als dieser hier.

Sie ist keine Mörderin, nein, aber morgen, morgen, wenn gesagt ist, was gesagt sein will, wenn durch den Draht, durch alle Zeitungen die Kunde rast, dass sie unschuldig ist, wenn die Gemüter aufgewühlt sind, dann wird sie einen Mord auf dem Gewissen, ein Menschenleben vernichtet haben.

In ihren Ohren ist ein Dröhnen und Höhnen.

Es ist sehr hübsch, heroisch zu sein, schreit es in dem Dröhnen, ausgezeichnet steht es dir, meine Liebe ... seht: welche Heldin ... aber das Leben ist einmalig.

Du ... es ist ein Kapital, das verwaltet sein will ... du bist ein schlechter Bankier ... du vergibst einen Kredit, der nie wieder zurückgezahlt werden kann ... man macht Pleite, schön, aber man macht nicht Harakiri ... sieh dir zum Beispiel diesen Knaben Joachim an ... neunzehnjährig, aber sein Kapital verwaltet er klug ... er stellt sich aufrecht hin vor den Richter, sagt Nein ... Ja ... Vielleicht ... und du sitzt zehn Schritte von ihm entfernt ... er sieht dich nicht, du kümmerst ihn nicht ... du hast dich zu opfern, nicht mehr ...

Aber ihr sollt euch verrechnet haben. Ein Wort, ein Name, hineingeschleudert in die zerberstenden Gesichter ...

Sie ist wieder am Anfang ... Es ist ein kurzer Weg, den sie schon Tausende Male gegangen und der damit endlos geworden, endlos und furchtbar. Sie wandert in ihrer Zelle umher, drückt sich in den Winkel an der Tür ... verkriecht sich in den Winkel hinterm Fenster, wie ein Tier, das Deckung sucht, Rettung ... Sie stellt sich vors Fenster, und ein schwarzes Schattengeviert bringt das Gitter auf ihr Gesicht. Ihr Haar ist verwühlt, ihr Kopf dröhnt vor Schmerzen. Sie friert, sie weint, sie ist schwach, mein Gott, sie ist schwach. Sie hat sechs Monate durchgehalten mit beispielloser Energie, jetzt, einen Tag zu früh, bricht sie zusammen. Morgen darf sie sich fallen lassen, morgen, nicht heute. Aber sie kann es nicht hindern, sie fühlt sich stürzen ins Bodenlose ...

Einmal, als sie im Stehen fast einschläft, sieht sie ein Kinderbild des vierjährigen Joachim, wie er auf seinem Schaukelpferd sitzt, eine Mischung von Stolz und Ängstlichkeit, die kleine Peitsche unsicher erhoben ...

Als Holsten kommt, noch halb in der Nacht – es hat die größten Schwierigkeiten gekostet, zu ihr zu gelangen –, findet er Thea am Rande aller Kraft und Beherrschung.

«Nicht, nicht», ruft sie verzweifelt und schlägt die Hände vors Gesicht, «lassen Sie mich! Foltern Sie mich doch nicht immer wieder! Ich will allein sein! Ich will verurteilt werden. Ich will gestehen! Ich kann ja nicht mehr, kann ja nicht mehr.»

Holsten übersieht mit einem Blick ihr zerwühltes Bett, aus dem die Matratze heraushängt, die Unordnung ihres Haares, ihrer Kleider.

Er tritt rasch hinzu, ihr die Hände vom Gesicht zu nehmen.

Thea, eine Nacht lang hin- und hergerissen zwischen dem Widerstreit böser und bitterer, giftiger und heroischer Gedanken, entnervt von der Angst, nicht mehr Herr ihrer selbst bleiben zu können, beginnt fassungslos zu schluchzen.

«Lassen Sie mich doch in Ruhe», schreit sie, «lassen Sie mich um Gottes willen doch endlich in Ruhe. Ich bin's ja gewesen, ich hab's getan. Ich hatte das Büroleben satt, ich fürchtete mich vor Arbeitslosigkeit und Not. Ich wollte endlich, endlich leben und raubte das Geld. Rufen Sie einen Protokollführer. Ich will, dass dies augenblicklich protokolliert wird.»

Holsten weiß nicht, wie er ihr beibringen soll, was gesagt werden muss ...

Er fängt ihre Hände ein. Er hält sie sehr fest wie in Schraubstöcken. Er spricht leise auf diese zuckenden, fluchtbereiten Hände nieder. Er streichelt sie vorsichtig. Es ist ihm abscheulich zumute dabei. Er ist hier im Dienst, und dies dünkt ihm wenig dienstlich. Aber schließlich, er muss es der Frau doch sagen, und sie wird wahnsinnig, wenn er es ihr nicht vorsichtig beibringt ...

Er hockt sich neben sie auf das Bettgestell. Er sitzt auf dem blanken Eisen, denn gerade hier ist die Matratze herausgerissen. Es klemmt, es ist eine ganz abscheuliche Situation.

«Nun ist es genug, Thea Iken! Sie sind auch nur ein Mensch, und ein bisschen Hysterie ist euch Frauen erlaubt. Aber wir haben einen Prozess zu Ende zu führen.»

Theas Hände, die er immer noch festhält, geben erschöpft nach. «Hören Sie mir jetzt zu, ja? Sind Sie wieder eine vernünftige Frau? Es ist alles im Leben nur relativ: das Große sowohl wie das Kleine, das große Leid und das kleine Leid, der große Schock und der kleine Schock. Nein, bleiben Sie ruhig, ich frage ja nichts, ich will etwas sagen. Es ist viel schwerer, dies eine zu sagen, als hundert juristische Fragen zu stellen.»

Er räuspert sich heftig. Er hustet. Wenn die jetzt zusammenkracht. Es wäre kein Wunder. Im Augenblick fällt ihm nichts sehr Behutsames ein. Er nimmt einen starken Anlauf und sagt: «Sie sind in einem unseligen Irrtum befangen. Es war nicht Joachim; der auf Brüggemann schoss.»

Er fühlt einen leichten Ruck durch Theas Hände gehen, nicht mehr als diesen einen einzigen Ruck. Er mag ihr nicht ins Gesicht sehen jetzt. Er sieht angestrengt vor sich auf das Muster des Steinfußbodens. Richtige Blutwurst hat man da aufgemalt, Schwarz und Weiß durcheinandergesprenkelt. Ob sie das nun richtig gehört hat? Ob sie es begreift?

«Ich war die Nacht mit Joachim zusammen. Ich hatte ihn mir gestern gefischt. Ich war ja nun endlich dahintergekommen, wie der Hase lief.»

Er bedient sich absichtlich untragischer Worte. Sie darf jetzt nicht zusammenrasseln. Sie muss endlich nun mit der Sprache raus, was gewesen ist.

Er rollt ihre eine Hand erwärmend zwischen den seinen.

«Hören Sie, Thea? Nein, Sie brauchen jetzt nichts zu sagen. Also Joachim begreift nicht, wie Sie auf diesen Verdacht gekommen sind. Er hat keine Ahnung gehabt von dem Opfer, das Sie ihm haben bringen wollen. Und Sie können sicher sein, so wie der Junge gebaut ist, dass er es nie und nimmermehr angenommen hätte.»

Holsten hat das Bedürfnis, noch schneller, noch flotter zu sprechen. Er hält aber inne. Es ist unheimlich still an seiner Seite. Thea hat die Augen weit offen, ihre nachtschwarzen Augen voller saugender Tiefe. Noch haben sie nichts begriffen.

Zehn Minuten hat Holsten ihr lassen können. Er hat einmal verstohlen und ein zweites Mal ganz offensichtlich auf seine Armbanduhr geschaut.

Dieser zweite Appell hat Thea in ihrem Bemühen, Ordnung in das Chaos des inwendigen Sturzes zu bringen, erreicht.

Mit einer Stimme, spröde und fast tonlos von der Anstrengung der Beherrschung, beginnt sie zu sprechen.

«Der ganze unselige Irrtum ist nur aus der Verwirrung jenes Tages heraus zu verstehen» ... Ach, endlich allein sein dürfen, nicht immer Rede und Antwort stehen müssen, nicht immer wieder zurückgeführt werden zu jenen Bildern des Entsetzens! –

Es fällt ihr unsäglich schwer zu sprechen.

«Ich habe Ihr Wort, Holsten. Es hat so unendlich viel gekostet, Brüggemanns Andenken zu schonen. Sie werden mich nicht um den Preis meiner Mühe bringen ... Brüggemann ist zeit seines Lebens ein Ehrenmann gewesen. Es gibt immer Versuchungen für einen Bankier. Oft bedarf es nur einer ganz winzigen, kaum merklichen

Umgehung der allgemein gültigen Begriffe von Korrektheit und unbedingter Sauberkeit, um große Geschäfte zu machen. Derartige Verlockungen reichten an Brüggemann niemals heran ... Und der unheilvolle Einfluss, die zersetzende Gewalt der furchtbaren Zeit, in der wir leben, die Verzweiflung derjenigen, die, ungeachtet ihres Fleißes, ihres Könnens, ihrer Wachsamkeit und Tüchtigkeit, um den Preis ihres ganzen Lebens gebracht werden, gleichsam über Nacht, sie haben für mich ihren stärksten Ausdruck darin, dass sie diesen fast pedantisch ehrenhaften Mann zu Unbedachtsamkeiten verleiteten, die, wenn auch nicht entschuldbar, so doch menschlich so sehr begreiflich sind.»

«Also doch Unregelmäßigkeiten?»

«Ja. Es hat mich unendliche Mühe gekostet, sie zu vertuschen. Aber ich will von vorn erzählen. Veidt ist fort. Ich bin mit Brüggemann allein. Veidts Abgang war reichlich merkwürdig. Er wirkte wie eine Drohung. Und wenn Sie mir nun sagen, dass Joachim es nicht war, so kommt mir – wie inzwischen häufig – der Verdacht, dass vielleicht Veidt ...»

«Nein, Veidt war es nicht. Ich habe mit ihm gesprochen. Der Mann ist so down, dass er es unbedingt zugeben würde. Er macht keinen Hehl daraus, dass er die Absicht hatte, Brüggemann in nicht misszuverstehender Weise um Geld anzugehen ...»

«Auf meinem Platz liegt die Unterschriftenmappe.

Ich hatte nichts unterschrieben den ganzen Tag. Brüggemann hatte nichts unterschrieben. Es waren ein paar eilige Sachen darunter. Unter anderem der Brief an Hölzer, der am nächsten Tage kommen wollte, sein Depot abzuholen.

Brüggemann fängt an, die Mappe aufzublättern. Er spricht davon, wie man den Gang zu Oppenheimer, der unser erbittertster Konkurrent und Geschäftsgegner seit vielen Jahren war, der allein aber nur als Interessent für eine Fusion infrage kam, umgehen oder zum Mindesten noch hinausschieben könnte. Im Sprechen unterschreibt er und reicht mir die Sachen heraus. Ich kuvertiere und frankiere die Briefe, um sie nachher gleich in den Postkasten zu werfen.

Plötzlich hält er inne im Blättern. Ich sehe zur Seite, was er so lange liest. Im ersten Augenblick denke ich, es ist der Rückschlag der vielen Aufregungen. Er klagte zuweilen über Herzbeschwerden. Ich springe hinzu, rufe ihn an ...

Dann sehe ich, welcher Brief es ist, der gerade vor ihm liegt. Es war nicht allzu schwer, den Zusammenhang zu erraten. Wir hatten vor einem halben Jahr eine ähnliche Krise gehabt. Hölzer kümmerte sich nie um seine Papiere. Er bekam seine Zinsen und meldete sich nie. In der festen Überzeugung, die Papiere bald wiederkaufen zu können, griff Brüggemann das Depot an ...

Wir überlegten hin und her, was wir dem Kunden am

nächsten Tage sagen könnten. Es gab immer nur einen Ausweg, da wir ja kein Geld hatten: ein anderes Depot angreifen, um Zeit zu gewinnen. Ich habe das später getan. Es ist mir möglich gewesen, in den wenigen Tagen zwischen dem Mord und meiner Verhaftung die Lücke aufzufüllen.

Brüggemann war ganz am Ende mit allen seinen Kräften. Die ewige Furcht vor Entdeckung, die Erbitterung über sein Vergehen, die Unmöglichkeit, die Effekten nachzukaufen, hatten ihn vollkommen zermürbt.

Es kam zu einem Moment tiefster Schwäche, in dem er sein Gesicht gegen meine Schulter legte und weinte wie ein Kind. Ich hielt ihn. Ich streichelte ihn. Ich redete ihm gut zu.

Plötzlich, über seinen Kopf hinweg, sehe ich jemand an der Glastür, einen Schatten. Mir blieb das Herz stehen vor Entsetzen. Ich erkannte die Kontur. Es war Joachim, Joachim, der sich niederbückte, um durch die Scheibe zu sehen. Über dem Schlüsselloch war die Milchglasscheibe zerkratzt, sodass man ins Innere der Bank sehen konnte. Gerade an dieser Stelle hatte er durchgeschaut. Unzweifelhaft hatte er unsere Umarmung gesehen.»

Holsten nickt zustimmend: «Jawohl, hat er.»

«Ich ließ Brüggemann augenblicklich los. Ich wollte zur Tür, aber schon sah ich Joachim davonlaufen. Wenn Sie mit ihm gesprochen haben, Dr. Holsten, so werden Sie wissen, dass er die Nacht zuvor bei mir war. Ich bin ihm sehr dankbar, dass er darüber vor Gericht geschwiegen. Man hätte mich geschmäht darob, obgleich es nichts anderes von mir war als eine Opferung. Man hätte ein neues Argument gegen mich darin gesehen. Ich konnte den Jungen nicht zurückweisen. Er war so tief, tief unglücklich.

Und jetzt, keine vierundzwanzig Stunden später, sieht er mich in einer Umarmung mit seinem Vater, gegen den ich ihm helfen wollte. Ich war mir klar darüber, welche Wirkung das Missverständnis, das sich hieraus ergeben musste, auf ihn haben würde. Ich habe heute noch an seiner Aussage erkannt, wie sehr er allen Glauben an mich verloren hat. Der Junge war imstande und sprang geradewegs in den Landwehrkanal. Er ist ein Mensch, der so etwas fertigbekommt. Es war so viel Dramatik in jenen Tagen. Stohp hatte davon gefaselt, den Gashahn öffnen zu müssen, Veidt hatte finstere Drohungen ausgestoßen, Brüggemann deutete Selbstmordabsichten an, ich selbst erwog solche Gedanken als den einzigen tragbaren Ausweg. Da lag es so nahe zu fürchten, Joachim könnte sich etwas antun.»

Wieder nickt Holsten. «Etwas Ähnliches hatte er tatsächlich vor. Aber wie der Zufall manchmal spielt: Er läuft gleich an der Ecke Lützowstraße zwei Parteigenossen von ihm in die Arme. Denen fällt sein verstörtes Wesen auf. Sie lassen sich nicht abschütteln und schleifen ihn schließlich mit zu sich nach Hause. Ohne dieses einwandfreie Alibi wäre Joachim unweigerlich schwer in Verdacht geraten.»

«Brüggemann hatte ihn nicht gesehen. Er begriff mein plötzliches Wachsein, meine Verstörung, die Hast, mit der ich mich von ihm löste, nicht. Ich sehe noch das enttäuschte, bittere Lächeln, mit dem er mir nachsah, als ich davonlief, gänzlich kopflos und zerfahren. Ich hatte das Geld vergessen. Er brachte es mir bis an die Tür nach. Ich stammelte eine törichte Erklärung. Er winkte mit der Hand ab.

Ich kam auf die Straße und sah mich um nach Joachim. Sie haben schon recht, die Zeugen. Ich wusste nicht, welche Straße ich wählen sollte. Ich lief ans Schöneberger Ufer, es schien mir wahrscheinlicher, dass er hier ins Dunklere geflohen sei. Da ich sonst immer Lützowstraße ging, entschied ich mich zuletzt doch für die Lützowstraße. Vielleicht erwartete er mich dort, um mich zur Rechenschaft zu ziehen.

Dass Bolke mir die Zeitung hingehalten hat, weiß ich überhaupt nicht. Ich stürmte blindlings weiter in der Idee, Joachim finden und beschwichtigen zu müssen.

Aber auch Hans Brüggemanns Verfassung war mir immerwährend gegenwärtig. Der Revolver fiel mir ein. Ich hatte ihn mit nach Hause nehmen wollen. Nun lag er auf meinem Platz. Wenn er ihn fand in seinem gänzlichen Alleinsein?

Ich wusste nicht mehr, sollte ich weiterlaufen oder

umkehren? Vielleicht hatte Joachim mich aus der Bank kommen sehen, in irgendeinem Türwinkel versteckt, und war jetzt in der Bank, um seinen Vater zu stellen. Mir fiel ein, was Brüggemann am Morgen für Worte gebraucht hatte, als er den Jungen auf der Treppe getroffen. Es würde alles rauskommen jetzt. Und beide waren überreizt und zermürbt.

Ich ertrug es nicht mehr. Ich war durch die Genthiner Straße bis ans Schöneberger Ufer gekommen und lief am Wasser entlang nach dem Lützowplatz zurück.

Ich konnte am Lützowplatz nicht gleich über den Fahrdamm. Ich weiß noch, dass ich mit den Füßen trampelte vor rasender Ungeduld und Erregung. In der Bank brannte noch Licht. Meine Schreibtischlampe brannte noch. Man konnte es durch die Scheiben sehen.

Ich stürzte die paar Stufen hinan und rief laut: ‹Herr Brüggemann!›

Ich sah Brüggemann nicht. Die Tür zu seinem Zimmer stand offen, aber es brannte kein Licht in seinem Zimmer. Ich dachte, dass Brüggemann vielleicht unten im Tresor sei. Als ich die Treppe hinunterwollte, hörte ich unmittelbar zu meinen Füßen eine Art Röcheln.»

«Sie fanden ihn noch lebend?», fragt Holsten überrascht.

Thea kann nicht gleich weitersprechen. «Armes Mädel», denkt er, «armes Weib, über dessen Kopf aber auch alles kam.»

«Ja», fährt Thea, mühsam sich zusammenraffend, fort, «er lebte noch. Er lag direkt vor der Treppe auf dem Rücken. Es war ziemlich dunkel dort. Ich hatte ihn nicht liegen sehen, ich war mit dem Fuß gegen ihn gestoßen. Ich weiß nicht, was ich tat in meinem Entsetzen. Ich stürzte vor ihn hin. Ich versuchte, ihn aufzurichten. Dicht neben ihm lag der Revolver, unser Revolver. Brüggemann presste eine Hand auf seine Brust, aus der er blutete, mit der anderen versuchte er, so schien es mir, den Revolver zu greifen.

Mag sein, dass er fühlte, wie todwund er war, und dass er endgültig Schluss machen wollte. Vielleicht verstand ich ihn falsch. Vielleicht war diese Bewegung nichts weiter als ein Tasten im Todeskampf. Er quälte sich so sehr. Er wälzte sich nach der Seite und reckte seinen Arm aus. Mir kam eine blitzhafte furchtbare Ahnung. Sie müssen bedenken, mit welchen Befürchtungen ich in die Bank zurückgelaufen war.

Ich drückte Brüggemann den Revolver in die Hand. Die Hand war schon verkrampft und gehorchte kaum noch. Er wollte etwas sagen. Es waren abgerissene unverständliche Gurgellaute. Er blutete aus Mund und Nase. Das Blut durchdrang mein Kleid. Er wollte mich ganz offensichtlich um etwas bitten. Seine Augen waren ein einziger Schrei angstvollen Flehens. Ich ging ganz nah mit meinem Ohr an seinen Mund. Ich redete ihm zu, ich sah ihm nah in die brechenden Augen. Da verstand ich etwas wie schweigen ... um Gottes willen nichts verraten ... Es kann sich auf jene anderen schlimmen Dinge bezogen haben. Ich bezog es auf die Tat. Das Letzte, was er sagte, war: ‹Joachim.› Gleich darauf starb er.

Mir verwob sich das Verstandene zu einer furchtbaren Gewissheit.

Joachim hatte seinen Vater niedergeschossen, und dieser versuchte sterbend, einen Selbstmord vorzutäuschen.»

Holsten ist aufgesprungen und läuft in der Zelle auf und ab. Er ermuntert Thea nicht, weiterzusprechen. Er ist erschüttert von der furchtbaren Tragweite dieses Irrtums.

«Das Allerschlimmste für mich war», nimmt Thea nach einer Weile ihre Erzählung wieder auf, «dass ich ihn liegen lassen musste, auf dem harten Boden, vor der dunklen Treppe, allein in der unverschlossenen Bank. Ich kann heute noch den Gedanken nicht loswerden, dass er vielleicht noch zu retten gewesen wäre, wenn ich sofort einen Arzt geholt hätte.»

«Ausgeschlossen», sagt Holsten, «die Lunge war doppelt durchschossen. Ein dritter Schuss hatte die Milz zerrissen.»

«Was nun? Was tun? Ich war völlig kopflos. Ich musste Joachim schützen, darauf allein kam es jetzt an. Wenn ich einen Arzt holte, so benachrichtigte dieser die Polizei. Joachim sollte Zeit gewinnen. Ich war überzeugt, er würde sich in Sicherheit bringen. Ich überlegte tausenderlei in einer Minute. Ob ich nach dem Grunewald hinausfahren und ihm das Geld aushändigen sollte? Hätte ich es doch getan! Aber ich verwarf den Gedanken. Der Weg zu ihm würde den Verdacht auf ihn lenken. So rannte ich nach Hause.

Niemand sah mich auf diesem Wege. Ich hatte einen großen Blutfleck vorn im Kleid. Auch das Paket mit dem Geld, das ich die ganze Zeit an mich gepresst, war blutdurchtränkt. Es kam mir zum Bewusstsein, wie gefährlich eigentlich meine Situation war. Ich verbrannte das Kleid im Ofen. Ich hätte am liebsten auch das Geld verbrannt. Aber von diesem Geld sollte Joachim eine Berufsausbildung haben. So verbrannte ich die am ärgsten beschmutzten Scheine, die andern nähte ich in meine Matratze.

Es wurde mir klar, dass man mich verhaften würde, wenn man die Scheine fände. Und diese Möglichkeit erschien mir eine vorläufige Rettung für Joachim. Solange der Verdacht auf mir ruhte, würde er vor Verfolgung sicher sein. So bedeckte ich die vernähte Stelle der Matratze unvollkommen.

Bis ich Joachim in Sicherheit wusste, wollte ich die Verdachtsmomente gegen mich steigern, indem ich mich nicht verteidigte. Ich beschloss, eisern zu schweigen. Was niemand weiß, sagte ich mir, das kann nicht ans Licht kommen. Und ich blieb diesem Grundsatz treu. Ich schwieg gegen jeden und jedes. Ich widerlegte die übertriebensten und sinnlosesten Anschuldigungen nicht. Ich sah die Beweise sich gegen mich häufen. Erst war ich froh darob, dann wurde mir bange. Ich begann zu begreifen, dass es mir eines Tages vielleicht nicht mehr möglich sein würde, diese Beweiskette zu durchbrechen.

So wartete ich täglich auf eine Kunde über Joachim. Ich habe alle Zeitungen durchstöbert, deren ich habhaft werden konnte, ob nicht eine einzige eine Notiz bringen würde, die mich erlösen könnte. Nach ihm zu fragen, wagte ich nicht. Es hätte mich eine Anschuldigung gedünkt. Ich fürchtete bei jedem neuen Verhör, jeder neuen Frage, ich fürchtete vor allen Dingen, wenn man mir die Zeugenaussagen vorhielt, Joachims Name könnte auftauchen. Ich wagte nicht, mich auch nur gegen die ganz groben, wissentlich falschen Beschuldigungen mancher Zeugen zu wehren aus Furcht, man könnte mir glauben, den Verdacht gegen mich fallen lassen und die richtige Spur finden. Ich fühlte mich auch keineswegs frei von Schuld. Ich glaubte ja, den Jungen in die Tat getrieben zu haben.»

Holsten wandert auf und ab. Seine Schläfenadern sind hochgeschwollen von der Anstrengung des Denkens. Er hält alles fest, was Thea vorbringt. Er wägt alles ab. Die Zeugenaussagen sind ihm gegenwärtig, die gesamten Protokolle sind ihm gegenwärtig. Er vergleicht das Tatsächliche mit dem, was vorgebracht ist von den

Zeugen. Er hat die gesamten Indizien beisammen und misst, was übrig bleibt, nachdem nun Thea gesprochen hat.

Es bleibt etwas übrig. Es ist ein kleiner schwieriger Rest vorhanden.

«Es ist mir unbegreiflich, dass Sie im Guten von Brüggemann schieden. Wie sagten Sie doch: Sie stürzten einander in die Arme? War es nicht so? Er ließ seinen Kopf gegen Ihre Schulter fallen, nicht wahr? Wie war denn das möglich nach dem voraufgegangenen Streit? Sie haben von diesem Streit nichts erzählt.»

«Von welchem Streit?»

«Nun, Sie haben doch um Geld gestritten. Fanden Sie, diese fünfzigtausend wären zu wenig für den Jungen? Oder wie?»

«Ich weiß nicht, was Sie meinen.»

«Sind keinerlei böse Worte gefallen an jenem Abend?»

«Als wir uns trennten?», fragt Thea in tiefem Staunen.

In Holsten arbeitet es.

«Thea, nehmen Sie jetzt alles Erinnerungsvermögen zusammen. Besinnen Sie sich auf jedes, auch das geringste Wort, das Sie mit Brüggemann gewechselt haben, nachdem Veidt gegangen war?»

«Durchaus.»

«Es könnte eine Missdeutung des Zeugen vorliegen. Ich nehme es mit Sicherheit an. Besinnen Sie sich, in welchem Zusammenhang Worte gefallen sind wie: Fünfzigtausend ist das wenigste, was ich verlange. Die Lappen da können Sie behalten.»

«Solche Worte sind nicht gefallen. Richtig, ich besinne mich. Irgendjemand hatte es behauptet. Ich war so fertig damals, mit allem ...»

«Und Thea, Sie haben niemals – es wäre Irrsinn, einen erregten Wortwechsel jetzt noch abstreiten zu wollen –, Sie haben niemals gerufen: ‹Ich schieße Sie nieder wie einen Hund, wenn Sie mir nicht fünfzigtausend wenigstens geben.›»

«Das ist eine ganz sinnlose Lüge. Ich besinne mich, Schwartzkopf hat es gesagt.»

«Eine sinnlose?», sagt Holsten bedächtig. «Vielleicht eine höchst sinnvolle, eine wohlerwogene, planmäßige Lüge. Schwartzkopf als Einziger hat Sie überaus schwerwiegend belastet. Standen Sie schlecht mit Schwartzkopf?»

Thea vergisst zu antworten über ihrer Bestürzung.

«Wie lange ist Schwartzkopf bei der Bank?»

«Fast so lange wie ich.»

«Und welchen Eindruck hatten Sie von ihm.»

Ja, welchen Eindruck hatte sie von ihm? Sie hat ihn unzählige Male bieder, in Hemdsärmeln die Bank fegen sehen. Sie hat ihn unzählige Male willig, verlässlich, pflichttreu mit der Aktenmappe zur Post gehen sehen. Sie hat ihn unzählige Male eifrig und innerlich unbeteiligt große Haufen Geldes zählen und sortieren sehen. Und sie hat ihn ein einziges Mal in einer grausigen Maske gesehen, schwarz das Gesicht, funkelnd die Augen vor böser Gier. Oder war dieses Gesicht sein wahres Gesicht und jenes andere biedere Maske?

«Nun, Thea Iken, welchen Eindruck hatten Sie von dem braven Schwartzkopf, der so viel über Sie auszusagen wusste?»

Ihr Herz rast auf in schwerer Beklemmung.

«Ich sah ihn einmal», stammelt sie, «er hatte sich eine ganz ungewöhnliche Stellung erdacht, den Tresor zu beobachten.»

Sie bricht ab.

«So, so, er beobachtete den Tresor. Wie sagten Sie? Aus dem Schacht des Kellerfensters. Unzweifelhaft ist Brüggemann gleich nach Ihrem Fortgang am Tresor gewesen und hat seine Barmittel enthoben. Man wird es vom Fenster aus gut haben beobachten können. Oben an der Treppe haben ihn dann die Schüsse ereilt. Wie schnell läuft man vom Hof in den Kassenraum?»

«Es ist unfassbar», sagt Thea.

«Zur Zeugenvernehmung in der Hauptverhandlung nicht erschienen wegen eines heftigen Anfalls von Kopfneuralgie. Litt er häufig an Neuralgie? Besinnen Sie sich, dass er ein einziges Mal über neuralgische Schmerzen klagte?»

«Ich besinne mich nicht.»

Holsten zieht die Uhr.

«Wir haben noch dreieinhalb Stunden Zeit. In diesen dreieinhalb Stunden muss einiges geschehen. Der Himmel gebe, dass wir nun auf der richtigen Fährte sind. Vielleicht ist es in Wirklichkeit ein ganz anderer noch gewesen. Oder glauben Sie, dass dieses Beefsteak von einem Vorsitzenden uns das Hohelied von Ihrer Opferung glauben soll? Bisschen viel verlangt. Man wird annehmen, dass es sich um einen ganz besonders ausgekochten Trick von mir handelt, und man wird Sie unbedingt köpfen wollen.»

Er gibt Thea die Hand. «Also noch ein paar Stunden Courage. Und halten Sie den Mund einstweilen. Es ist manchmal bedenklich zu schweigen, aber es kann auch bedenklich werden, wenn man zu früh redet.»

Thea bleibt in großer Verstörtheit zurück. Ist sie nun gerettet? Joachim ist gerettet. Der Knabe Joachim. Sie wird ihre Rettung bezahlen müssen, in jedem Fall mit einer Gewissensschuld. Sie stellt sich Schwartzkopfs Gesicht vor. Es ist das Gesicht eines alternden Mannes, der ein Leben voller Arbeit hinter sich hat. Sie ist nun allein, aber immer noch nicht darf sie sich selbst und ihrer persönlichsten Not gehören.

Holsten wirft sich in eine Taxe und rast nach dem Lützowplatz.

An der Haltestelle vor dem Hause Nummer eins stehen wie immer Leute, die auf den Omnibus warten. Es ist ein anderes Publikum als das, was hier am Spätnachmittag und am Abend einzusteigen pflegt. Keine Damen in kostbaren Pelzmänteln, ihre Scotch-Terrier unterm Arm, keine Herren mit Schweinsleder-Handschuhen, keine Grisettchen auf Stöckelschuhen.

Stenotypistinnen und Verkäuferinnen, die in den Nebenstraßen ihre möblierten Zimmer haben, Angestellte mit eingewickelten Butterbrotschnitten in der Tasche oder liebevoll im Arm, drängen hinzu, als der Omnibus schwer beladen gegen den Bordstein schorrt, denn es ist glatt heute. Die Räder rutschen auf dem Asphalt.

Vor der Brüggemann-Bank ist das Eisengitter niedergelassen. Die großen Fensterscheiben sind blind. Der Schnee von gestern Abend ist halb fortgetaut und steht in trüben Lachen auf dem Pflaster. Es ist nicht gefegt vor dem Hause. Nun ja, Herr Schwartzkopf, dem diese Pflicht obliegt, hat die Berechtigung, laut ärztlichem Attest zu Bett zu liegen.

Es ist ein prunkvolles Haus, dieses Haus Lützowplatz eins. Gipsengel schütten Früchte und Blumen aus ihren Füllhörnern über die Wände. über die Treppen sind bordeauxrote Läufer gelegt. Die Korridortüren sind mit üppigem Schnitzwerk verziert.

Holsten liest die Türschilder.

Von Haak? Geht uns nichts an. Baumeister? Geht uns erst recht nichts an. Auf der Treppe zum ersten Stock fehlt eine Messingstange. Herr Schwartzkopf ist krank, jawohl. Einem jungfräulichen Engel ist ein Flügel abgeschlagen. Wie macht er es, dass er trotzdem freundlich lächelnd weiterschwebt und sein Füllhorn ausgießt?

Es riecht nach Kohl noch vom Tage vorher. Man sollte ein Fenster öffnen.

Dr. Schwabe, Rechtsanwalt und Notar. Grüß Gott, Herr Kollege. Sie haben es gut. Ich wette hundert gegen eins, Sie schlafen noch. Auf einem Messingschild in tiefgravierten Buchstaben steht der Name Breithaupt. Dieser Name ist Holsten aus den Akten des Falles Iken her bekannt

Er zaudert, streckt schon die Hand aus nach dem Klingelzug, besinnt sich anders und steigt eilig, wenngleich unter Vermeidung jeglichen störenden Geräusches, die Treppe hinan.

Es ist kein soziales Haus, dieses Haus Lützowplatz eins. Im Gegenteil: Es weist grobe kapitalistische Merkmale auf. Nach oben zu, wo die Mieten niedriger werden, wird der Prunk dünner. Von der dritten Etage ab liegen keine Läufer mehr. Hier oben sind die Wände lange nicht neu gestrichen. Es regnet nicht mehr aus Füllhörnern und Rosenkörben. Ein simpler grüner Streifen verläuft in der Höhe des Treppengeländers an der Wand.

Im vierten Stock, wo ein Herr Meyer wohnt und ein Herr Bötzkow, hat Holsten Not mit seiner Atmung. Er kann sich nicht erinnern, wann zum letzten Male er vier derartig hohe Treppen hinaufgeklettert ist. Endlich langt er im obersten Geschoss an. Ganz oben geht es nach dem Boden. Und neben der verschlossenen Bodentür liegt der Eingang zu der Mansardenwohnung.

Ein Namensschild ist nicht vorhanden, wohl aber, was durchaus bemerkenswert ist, ein kleines helles Viereck unter dem Klingelzug, wo bis vor Kurzem noch ein Schild befestigt gewesen sein muss. Was mag den biederen Schwartzkopf bewogen haben, sein Türschild zu entfernen?

Holsten zieht kräftig am Glockenstrang. Es erhebt sich ein schwirrendes, nicht gerade lautreines Gerassel.

Es verebbt allmählich.

Im Hof singt jemand: Waldeslu-u-ust, Waldeslu-u-ust, o wie einsam schlägt die Brust ...

Eine Frauenstimme kreischt. «Was fällt Ihnen ein? Hier wird nicht gesungen.»

Die Waldeslust bricht ab, und ein schauderhafter Fluch schallt den Schacht des Hofes hinan.

Holsten klingelt nochmals. In der Wohnung regt sich nichts. Ein Zeuge, der auf ärztliches Attest hin die Gerichtsverhandlung schwänzt, hat das gute Recht, im Bett zu liegen und auf Klingeln nicht zu hören.

Aber wir werden dich rauslocken aus deinem Bau, alter Fuchs. Holsten klopft leise und verlockend mit dem Handrücken gegen die Tür.

Er hat sich nicht verrechnet.

Es ist ein winziges Guckloch in der Türfüllung. Holsten lässt es nicht aus dem Auge.

In der Wohnung entsteht nach nochmaligem vertraulichem Pochen die Ahnung einer Bewegung. Es wird da eine Tür mit aller Behutsamkeit aufgemacht. Man muss feine Nerven haben, um es zu spüren. Holsten spürt den lautlos sich heranpirschenden Schritt.

Er bückt sich und geht ganz nahe heran mit dem Auge an das Guckloch. Noch ist es von einer dunkelgrauen Pappscheibe innen verdeckt. Er kratzt mit aller Heimlichkeit etwas ans Holz der Tür.

Und nun sieht er die Pappe sich seitlich bewegen, und für den Bruchteil einer Minute erscheint der dunkle, spähende Glanz einer Pupille unmittelbar vor der seinen.

Dann ist das Grau der Pappe wieder vor der winzigen Öffnung. Es erfolgt nichts.

Holsten, bei äußerster Anspannung seines Lauschens, hört das Schnaufen des fremden Atems hinter der Tür.

Noch einmal reißt er die Glocke, die schrill und klirrend aufschreit und lange nachzittert.

Die Tür bleibt verschlossen, und hinter ihr reglos verharrt das Lauern und Lauschen, das Atmen einer beengten Brust.

Genügt.

Holsten wendet sich rasch, damit man ihm nicht nachschaut, und steigt die Treppe mit hörbaren Schritten hinunter. Die Mansardenwohnung liegt nach dem Hof hinaus. Das Treppenhaus sieht nach dem Lützowplatz. Sollte also jemand aus der Mansardenwohnung sich dafür interessieren, welches Auge in so atemstockender Nähe ihm in die Pupille gestarrt, so müsste er sich über den oberen Flur ans Korridorfenster bemühen.

Unten angelangt, reißt Holsten geräuschvoll die Haustür auf, geht aber nicht hinaus, sondern schmettert sie von innen zu, wendet sich blitzschnell und schaut den Treppenschacht in die Höhe. Oben huscht ein geduckter Schatten am Treppengeländer vorbei.

Gut so, ausgezeichnet, mein Lieber.

Holsten hat dem nächsten Polizeirevier die nötigen Anweisungen erteilt: einstweilen nicht beunruhigen, unauffällig bewachen und bei Fluchtversuch in Gewahrsam nehmen.

Gleichzeitig hat er festgestellt, dass die Hausangestellte Ida Kablitz seit dem 12. Juni 1931 nicht mehr im Dienst der Geheimrätin Breithaupt ist.

Ein Interview mit der greisen Geheimrätin Breithaupt – durch den Türspalt, bei vorgelegter doppelter Sicherheitskette – ergibt folgenden Tatbestand:

Das Dienstmädchen Ida Kablitz hat das Haus verlassen, als «das da unten» geschehen war. Sie graute sich und war nicht zu halten gewesen.

Ob die gnädige Frau zufällig wisse, in wessen Dienst das Mädchen jetzt stehe?

Nein, man weiß es nicht. Man interessiert sich nicht für den Lebenslauf entlassener Dienstboten. Aber es kann sein, dass sie den Amerikaner geheiratet habe.

Es wäre also ein Amerikaner aufgetaucht?

Gott, ja, und was solche Mädchen «reich» nennen. Immerhin wäre es möglich, dass sie nicht mehr nötig gehabt habe zu dienen.

Ein reicher Mann also? Ob die gnädige Frau ihn vielleicht zu Gesicht bekommen habe.

Nein, man dulde keine Besuche der Mädchen im Hause.

Und die in großem Misstrauen aus dem Dunkeln des Spaltes heraus erteilten kargen Auskünfte waren endgültig beendet. Es war mehrfach geschlossen worden, an der Korridortür, an einer Tür im Innern der Wohnung und auch sonst noch irgendwo.

Das Dienstmädchen Ida Kablitz hat Schwartzkopfs Alibi geschaffen. Sie will mit ihm zur Stunde des Mordes auf der Hintertreppe ein Schwätzchen gehabt haben. Es sei auch so etwas wie ein Schuss gefallen. Schwartzkopf habe noch gesagt: Wieder ein Pneu durch, denn es habe sich angehört, als sei der Knall auf dem Lützowplatz erfolgt. Sehr wohl.

Holsten spricht aus der Telefonzelle am Lützowplatz mit dem Polizeipräsidium. Es stellt sich heraus, dass die Hausangestellte Ida Kablitz reichlich ruhelos gewesen im letzten Halbjahr. Drei Wochen in Steglitz gewohnt, eine Woche in Friedenau, vier Wochen in Schöneberg, vierzehn Tage Invalidenstraße, kurze Zeit in Potsdam, dann wieder in Moabit. Zuletzt «auf Reisen» abgemeldet von Pension Falina, Kurfürstendamm hundertsiebenundfünfzig.

Eine halbe Stunde später, zu so ganz ungebührlicher Stunde – die Gäste der Pension Falina pflegen um diese

Zeit im ersten Schlummer zu ruhen –, steht Holsten vor einem hübschen Mädchen in weißem Häubchen und schwarzem Kleid.

Sie legt den Zeigefinger auf den kleinen gefärbten Mund und flüstert eilig.

Nein, das gnädige Fräulein wohne schon lange nicht mehr hier.

Ob man nicht wisse, wohin es verzogen sei?

«Nein, keine Ahnung.» Das Mädchen hält ihn für einen zurückgelassenen Liebhaber und lächelt tröstlich.

Holsten klimpert mit einigen Geldmünzen in seiner Manteltasche und gibt vor, die Dame unbedingt sprechen zu müssen. Sie habe eine Erbschaft gemacht.

Das hübsche Mädchen beginnt nachzudenken. Es findet sich, dass ein Junge aus dem Hinterhause dem gnädigen Fräulein die Koffer weggeschafft.

Holsten bricht in die dumpfe Stille einer Kellerwohnung ein. Der Junge, Halbidiot und entzückt, einem so vornehmen Herrn gefällig sein zu können, fährt in seine Hosen und erbietet sich, übereifrig gestikulierend, das Haus in der Augsburger Straße zu zeigen.

Die Pension in der Augsburger Straße hat ein etwas eindeutigeres Gepräge als die Pension Falina mit ihrem niedlichen Empfangsmädchen.

«Zimmer für Wochen, Tage und Stunden», steht auf einem Schild zu lesen.

Holsten läutet lange. Weiß Gott, man hat recht, dies

Berlin ist lasterhaft wie keine zweite Stadt. Man schläft um halb neun wie mitten in der Nacht.

Als er energisch wird, murrt es in irgendeinem Zimmer drinnen. Er läutet wieder, und nun wird geöffnet.

«Alles besetzt», sagt eine verrostete Frauenstimme. Im Halbdunkel des Flurs steht etwas wie ein roter Flauschrock. Haar ist rot. Backen sind brennend rot.

Eine üble Mischung von Parfüm und Weiberdunst schlägt Holsten entgegen. Man macht Miene, ihm die Tür vor der Nase zuzuschlagen.

Er fragt sehr höflich nach Fräulein Kablitz. «Kablitz, Kablitz? Ist hier nicht bekannt.»

«Aber sie hat bei Ihnen gewohnt.»

Irrtum.

Holsten sagt streng: «Es handelt sich um eine Strafsache.»

Die Frau erbleicht. «Ich gebe Ihnen mein Wort. Eine Kablitz hat hier nicht gewohnt.» Und weil sie Schereien mit der Polizei fürchtet: «Es ist mal eine Kahnert hier gewesen. Blond, ja, klein. Nichts Besonderes.»

Man nennt ihm den Friseur, der Fräulein Kahnert zurechtzumachen pflegte.

Der Friseur, der im weißen Mantel vor der Tür steht, vertritt Holsten mit liebenswürdigem Lächeln den Weg. «Pardon, nur Damensalon.»

Holsten beugt sich vertraulich hinunter über seinen duftenden Scheitel.

«Jawohl, die gnädige Frau zählt zu meiner Kundschaft. Die Adresse? Kann ich leider nicht sagen, mein Herr, ist mir leider gänzlich entfallen.»

Holsten schlägt seinen Mantel auf und vertieft sich in seine rückwärtige Hosentasche.

«Eine reizende Frau, wissen Sie, ein ganz besonderer Typ, der mir liegt.»

«Verstehe, verstehe.» Der Friseur meint, es beginne in ihm zu dämmern. Es dämmert so lange, bis Holsten seiner Brieftasche einen Schein entnommen.

«Gleich um die Ecke, bei Frau Porr. Diskretion Ehrensache.»

Die alte Frau Porr ist schwerhörig. Sie hält die Hand hinter die Ohrmuschel.

«Kahn?», schreit sie, «Fräulein Kahn? Ist nicht zu Hause. Die ist bei der Verhandlung.»

«Bei was für einer Verhandlung?», schreit Holsten zurück.

«Na, wo sie den Bankier umgebracht haben. Is 'n Freund von sie jewesen.»

Richtig, richtig, ist ihm bekannt. Trauriger Fall, sehr trauriger Fall.

Die Frau schreit: «Sind Sie von der Autogesellschaft? Sie haben ja gestern schon fahren wollen, aber sie wollte doch wissen, wie das nun ausgeht mit dem Prozess. So ein entsetzliches Frauenzimmer, man sollte es nicht für möglich halten.»

«Wie meinen?»

«Es ist eine Schande, seinen eigenen Chef zu erschießen. Ob sie wohl Todesstrafe kriegt? Da wollen sie immer die Todesstrafe abschaffen, und jetzt fangen schon die Weiber an mit Morden und Rauben. Immer nobel ist er gewesen, sagt die Kahn.»

«Schlimm für das Mädchen, wenn er ihr Freund war!», brüllt Holsten. Ein Glück, dass niemand sonst im Treppenhaus ist.

«Nun hat sie ja einen andern. Aber wissen Se, der gefällt mir nicht. Nichts Feines. Aber wie die Mädchen heute sind: wenn er man Geld hat.»

«Hat er so viel?»

Die Alte macht eine Handbewegung, die unvorstellbare Reichtümer abtut wie nichts.

«Ich möchte mich gern von ihr verabschieden!», schreit Holsten.

«Was möchten Sie?»

Er bedenkt, dass sie ihn für den Mann einer Autogesellschaft hält, und verbessert sich: «Wir müssen noch die genaue Abfahrt besprechen. Es geht nicht, wie wir es gestern verabredet haben.»

Frau Porr führt ihn in eins der üblichen möblierten Zimmer. Ein Koffer steht unter dem Tisch, ein recht armseliges Exemplar von einem Pappkoffer billigster Sorte. Sein Maul steht offen. Etwas Lachsfarbenes, nicht mehr ganz Sauberes quillt heraus. Auf der Kommode liegt ein

Kamm mit einem Zott blonder Haare drin. Auf einem Stuhl steht ein verschnürter Karton, unter dem Bett liegen Schlangenhautschuhe mit sehr hohen schief getretenen Absätzen. Holsten zündet eine Zigarette an und wartet.

Nicht lange, da wird an der Korridortür geläutet. Er hört die Alte hinschlurren und öffnen.

«Denken Sie bloß, die Verhandlung ist vertagt», hört er eine sehr aufgeregte Stimme. «Was hat das nun bloß zu bedeuten, jetzt so kurz vor dem Urteil?»

Die Alte tustert etwas dazwischen.

Und nun erstirbt auch die andere Stimme zu einem erregten Geflüster. Holsten horcht an der Tür.

«Ein Herr, was für ein Herr?»

Die Alte hat es schwerlich verstanden.

Aber es geschieht etwas da draußen. Es ist ein Weghuschen hörbar. Holsten reißt die Tür auf, und es entsteht eine wilde Jagd die Treppe hinunter. Das Mädchen ist fix. Er hört es bereits im unteren Stockwerk immer drei Stufen auf einmal hinunterspringen.

«Ida!», ruft er. «So warte doch. Mein Gott, bist du nicht recht gescheit? Ich bin's doch. Ich.»

Sie fällt tatsächlich hinein auf den Trick, bleibt stehen und ruft ängstlich hinauf: «Wer denn? Eine Gemeinheit, mich so zu erschrecken.»

Holsten ist mit wenigen Sätzen bei ihr. Als sie den Anwalt erkennt, den sie genugsam im Gerichtssaal gesehen, wird sie so weiß wie die Wand.

«Was wollen Sie von mir?», schnattert sie mit klappernden Zähnen. «Ich habe nichts mit der Sache zu tun. Er hat es allein gemacht.»

Sie hält ihre Krokodilledertasche, die er bereits gesehen hat, auf den Rücken.

Er nimmt ihr schweigend das Täschchen ab und schaut hinein. Es ist vollgepfropft von großen Geldscheinen.

«So fleißig gespart?», sagt er.

Sie bricht in hysterisches Weinen aus. «Ich will nichts davon haben. Ich wollte es ihm gestern schon vor die Füße werfen. Ich will nichts mehr mit der Sache zu tun haben. Lassen Sie mich los. Ich spring ins Wasser, eh ich mich einsperren lasse.»

«Es genügt zunächst», sagt Holsten ruhig, «wenn Sie Schwartzkopfs Alibi widerrufen. Ich bin Anwalt und nicht Polizist.»

Der alte Spelzig geht in der Sonne spazieren, kein Genuss im Grunde genommen, obwohl es Mai ist wie damals, als die holden Träume um den Brikomoss-Ofen ihn bewegten.

Die Sonne scheint ihm warm auf den Rücken. Es ist ein Altmännerrücken geworden, rund gebogen, kantig und mager. Die alte grüne Jacke wirft griesgrämige Falten. Wo die Schulterblätter spitz hervortreten, ist sie abgeschabt.

Es ist nichts geworden mit dem Projekt. Es hat nicht

geklappt mit dem Schwelverfahren. Kein Schneid mehr, die Banken! Sie haben nichts Besseres zu tun, als einander gegenseitig aufzufressen.

Oppenheimer hat die Brüggemann-Bank eingeschluckt. Zwei Monate später wurde er von der Dresdner Bank verschlungen. Jetzt schluckt der Staat die ganze Dresdner Bank. Zum Schluss bleibt eine Behörde übrig, ein Beamtenapparat mit Vorschriften, Bestimmungen, Verfügungen, Notverordnungen, mit höchsten und allerhöchsten Instanzen, mit letzten und allerletzten Barrieren. Der Teufel finde eine Idee, die diesen ganzen Instanzenweg bestehen kann.

Früher hatte kein Misserfolg ihn entmutigen können. Für ein verfehltes strömten zehn neue Projekte ihm zu. Jetzt will ihm beim besten Willen nicht das Geringste mehr einfallen.

Schlimmeres kann keinem passieren in seiner Lage, als dass einem nichts mehr einfällt. Er bleibt stehen, nimmt seinen Hut ab, wischt sich den inneren Rand trocken. Es ist immer noch der alte Hut mit dem Gamsbart. Aber der Bart ist zerzaust, hat alle Keckheit verloren.

Flüchtig sieht Spelzig zur Seite, als er an der Brüggemann-Bank vorüberkommt. Der hat Schwein gehabt, der Brüggemann, denkt er resigniert. Erst die Blütezeit der Banken genossen, dann einen Tag vor der Pleite, zwölf Stunden vor dem unerbittlichen Ende, durch einen glatten Schuss ins Jenseits befördert.

Vor dem Bankhause ist ein Gerüst errichtet. Zwei Handwerker sind dabei, ein Firmenschild anzubringen. «Salon Angèle» leuchtet es in gläsernen Lettern auf tiefschwarzem Grunde.

Man hat also einen Modesalon hierher verlegt. Gute Idee. Weiß Gott, es gibt doch noch Leute mit fruchtbarer Fantasie. Herr Bachaly, der Besitzer dieses Salons, versteht sich nicht nur auf Pelzmäntel und auf Hüte, er versteht sich auch ganz ausgezeichnet auf Psychologie.

Die Frühjahrssaison lässt sich vorzüglich an. Rings um den Kassenraum der ehemaligen Bank sind die Ankleidekabinen errichtet. Die Mitte ist frei geblieben für den Empfang. Ein paar hübsche Stahlsessel stehen um einen eckigen Tisch, eine Couch mit seidenen Kissen. Überall sonst sind Spiegel angebracht.

Die Treppe nach dem einstmaligen Tresorraum hinunter hat man bestehen lassen. Und auch das Gitterchen ist noch davor.

Herr Bachaly, der lange hin und her überlegt hat, ob man hier vielleicht einen besonderen Beleuchtungseffekt anbringen sollte, hat auch darin seinen guten, psychologischen Instinkt bewiesen, dass er das kleine Geländer im Dunkel gelassen hat.

Die Damen, die «Petite Fachette» anprobieren oder das blaue Kostüm «Niniche», das bei der Eröffnungsmodenschau Aufsehen erregt hat, werfen einen scheuen Blick nach hinten. «Wo?», flüstern sie und wissen selbst nicht, ist es der Preis für «Niniche» oder die Dunkelheit um jenes Gitterchen, die ihnen einen Schauder des Grauens über die parfümierte Haut jagen.

Sie sehen mit einiger Ergriffenheit auf das schwarzhaarige Mädchen, das «Niniche» vorführt. Aber das Gesicht des Mädchens ist undurchdringlich, der Mund in Strenge und Schweigen geschlossen. Das Haar liegt ihr in strengem Herrenschnitt um den wohlgeformten Kopf wie eine Kappe von blauschwarzem Lack. Ihre Augen sind erfüllt von grenzenloser Traurigkeit. Herr Bachaly zuckt diskret und bedauernd die Achseln, wenn man nach ihr fragt. Aber lange lässt sich die Wahrheit doch nicht verheimlichen. Es ist nicht Thea Iken. Nein, keineswegs ist diese Vorführdame im Salon Angèle Thea Iken, so täuschend sie ihr angeglichen ist.

In Spelzig rumoren die Erinnerungen. Irgendwie ist ihm das Bild seiner «letzten Liebe» gegenwärtig, als er über den Lützowplatz trottet. Eigentlich hat sie ihn schlecht behandelt, mit einer unbarmherzigen eiskalten Freundlichkeit. Er hat einen Fehler begangen, gleich zu Anfang, eine nie wiedergutzumachende Eselei. Als sie ihm zum ersten Male ein Schriftstück reichte, hat er ihren kleinen Finger festgehalten unter dem Papier und verliebt gekniffen. Seit diesem Tag datiert die Art, mit der sie sein entflammtes Herz zu seiner Qual und Wonne jahrelang traktierte.

Tempi passati.

In der Direktion der Depositenkassen der Dresdner Bank auf Apparat fünf läutet das Telefon.

«Iken.»

«Fräulein Iken, ich habe hier einen alten Debetposten: Konsul Spelzig, sieben Mark und fünfzig Pfennig. Trotz wiederholter Mahnung nicht einzutreiben. Was machen wir damit?»

«Spelzig? Ach du lieber Gott! Vollkommen aussichtslos. Buchen Sie aus, Herr Bayer. Schade um jeden Pfennig, den wir noch dransetzen.»

Thea legt den Hörer auf die Gabel zurück. Wie ein Gruß aus einer längst versunkenen Welt klingt dieser Name ihr im Ohr. Einen Herzschlag lang sieht sie im Geiste die grüne Joppe, den feschen Gamsbart, die dürren gewickelten Beine.

Armer alter Scharlatan. Armer alter Glücksritter, deine Zeiten sind unweigerlich dahin.

Sie fährt fort, ihre Post zu bearbeiten. In einer halben Stunde muss sie zum Vortrag zu Dr. Grüneberg.

Grüneberg hat niemals Geduld. Wer überhaupt hat Geduld in diesem Betriebe? Geduld, jemand ausreden zu lassen, Geduld, länger als fünf Minuten zuzuhören, Geduld, einen Gedanken zu Ende zu denken?

«Schade, dass ich meinen Debetsaldo nicht bei der Brüggemann-Bank habe», sagt jemand hinter ihr, «wenn da immer so fix ausgebucht wird!»

«Mensch, sagen Sie das nicht so laut», meint ein anderer, «kann Ihnen schnell genug passieren, dass man Ihren Debetsaldo auch bei uns aus lauter Gnade und Barmherzigkeit ausbucht.»

«Was heißt das?»

«Dass die Fusion mit der Danat beschlossene Sache ist. Dabei fliegt wieder ein Fähnlein Aufrechter auf die Straße.»

«Fusion mit der Danat?»

«Unsinn!»

«Ausgeschlossen!»

«Längst widerrufen!»

Wer nicht gerade telefoniert, protestiert aus Leibeskräften.

«Verbreitung unwahrer Gerüchte bei Todesstrafe verboten.»

Der Sachbearbeiter Täubner, der noch andere Neuigkeiten im Hinterhalt hat, steckt sich eine neue Zigarette an.

«Ihr meint also, der Staat könnte es verantworten, zwei Großbanken, die ihn Riesengelder kosten, mit durchzuschleppen. Geduldige Steuerzahler seid ihr!»

«Wenn wir mit der Danat fusionieren, muss natürlich die Danat entlassen, nicht wir.»

«Fragt sich. Die Danat hat verdammt tüchtige Leute. Man weiß ja, wie das gehandhabt wird. Zunächst mal werden auf beiden Seiten fünfundzwanzig Prozent ausgesiebt.»

An mehreren Plätzen zugleich rufen die Telefonapparate. Boten gehen hin und wieder. Kunden der Depositenkassen sprechen vor. Angestellte anderer Abteilungen wünschen Auskunft, Rat, Entscheidung.

«Fünfundzwanzig Prozent, das wären drei aus unserer Mitte.»

«Verdammt.»

Letzten Endes ist die Stimmung hier in der Zentrale der staatlich gestützten Großbank nicht viel anders als zur Zeit der Krise in der kleinen Brüggemann-Bank.

Die Luft ist dick zum Zerschneiden. Den ganzen Tag wird geraucht. Der einzige Trost in den schlechten Zeiten ist und bleibt die Zigarette. Daran hat auch Thea Ikens Einbruch in diesen Männerbereich nichts ändern können. Ihre Sache, wenn sie es nicht verträgt. Eine Frau, die im Berufskampf gleiche Rechte für sich fordert, hat keinen Anspruch auf besondere Rücksicht.

Nun, Thea Iken wird sich niemals beklagen.

Sie hat ihren Platz im Winkel an der Tür. Es ist dunkel dort. Den ganzen Tag brennt dicht über ihrem Kopf das elektrische Licht.

Aber nicht darum geht es, ob der Zigarettenrauch ihr in die Augen beißt, ob es zieht von jedem Schnappen an der Tür, ob man hinter ihrem Rücken witzelt, halblaute Bemerkungen macht, ihr die Arbeit erschwert.

Es kommt einzig und allein nur darauf an, dass sie sich bewährt, dass sie sich durchsetzt in ihrer Arbeit, dass sie die Chance nützt, die ganz ungewöhnliche Chance, die man bisher in keiner Großbank einer Frau geboten.

Seit drei Wochen ist sie Sachbearbeiterin in der Direktion der Depositenkassen, nicht mehr eine, die ihren Kollegen an Wissen und Können weit überlegen ist: eine unter zwölf tüchtigen Leuten, die man ausgewählt hat unter den Fähigsten des Banknachwuchses.

Die Einseitigkeit ihrer Berufserfahrung macht ihr schwer zu schaffen. Es ist eine harte Zeit, durch die sie sich tapfer hindurchschlägt. Sie fragt niemand um Rat. Sie schöpft ihr Wissen aus jedem Wort, das sie hört, aus jeder Frage, die man an sie stellt, aus jedem Schriftstück, das durch ihre Hand geht. Und eine leise Hoffnung ist in ihr, dass sie es schaffe.

«Passt mal auf, die wird was», hat Körner neulich von ihr gemeint und damit einen luftleeren Raum um sie geschaffen. Man hütet sich, ihr behilflich zu sein. Man hütet sich, es mit ihr zu verderben. Der Weg der tüchtigen Frau ist immer der gleiche: Er führt über Feindschaft, Befremden, Misstrauen und Neid zu tragischer Isoliertheit.

Täubner hat sein zweites Stichwort ausgegeben.

«Pst. Leise.»

Thea hat nichts gehört. Das Getuschel hinter ihrem Rücken nimmt gewaltig zu.

«Dr. Pasewalk, der Sekretär des Abteilungsdirektors Schwenker, ist als Prokurist nach Bremen versetzt. Dampft morgen schon ab.»

«Donnerwetter, der Kerl hat Dusel!»

In die Atmosphäre von Unruhe, Sorge um die Zukunft, Angst vor Abbau und Arbeitslosigkeit schlägt diese Nachricht fürwahr wie eine Bombe ein.

Pasewalk ist vierundzwanzig Jahre alt, einer der kommenden Leute der Dresdner Bank, ungemein pfiffig, fleißig, organisatorisch begabt. Immerhin. Das verdankt er nur Schwenker. Wer unter Schwenker gearbeitet hat, kommt immer hoch. Ist sein Nachfolger schon bestimmt?

Körner schreit: «Ich gehe sofort zu Schwenker. Und wenn er mich rausschmeißt, wenn er mir sämtliche Tintenfässer der Dresdner Bank an den Kopf wirft.»

«Lieber scheintot im Massengrab.»

«Lieber mein Leben lang Sachbearbeiter bleiben.»

«Wieso, was ist denn eigentlich los mit dem Schwenker?»

«Total verrückt, der Kerl. Hysterisch wie eine alte Primadonna. Immer im vierten Gang, immer brüllend, tobend, schreiend. Nie zufrieden mit dem, was man macht, immer in Aufruhr und Wut. Danke bestens.»

Aber innerlich erwägt ein jeder die ungewöhnliche Chance.

Alle Anwärter, die infrage kommen, werden durchgesprochen.

«Am Ende kriegt Dr. Spiro den Posten.»

«Unsinn, Spiro bleibt bei Hammerschmidt.»

«Oder Labuhn.»

«Ausgeschlossen, der blöde Labuhn.»

Tolkemitt, der vor vier Wochen geheiratet hat, beschließt, sich schnellstens zum Personalchef zu schlängeln. Was heißt hier hysterisch, nörgelig, verrückt? Schwenker ist der einflussreichste Direktor der Dresdner Bank.

Einmal steckt der Personalchef den Kopf durch die Tür, sieht sich nach allen Seiten um und verschwindet wieder.

«Ihr werdet sehen, einer von uns wird Sekretär bei Schwenker.»

Die Spannung wächst von Stunde zu Stunde.

Keiner unter ihnen allen, der sich nicht in der heimlichen Hoffnung wiegte, auf dem dornenvollen Umweg über Direktor Schwenker zu einer glanzvollen Karriere zu kommen.

Der Bote Heinemann geht mit allwissender Miene ein und aus. Natürlich weiß er gar nichts, obwohl er an jeder Tür lauscht, rumhört und fragt. Nicht eine Sekunde würde er seine Weisheit bei sich behalten können.

Kurz vor zwei Uhr läutet an Täubners Platz das Telefon. Man sieht Täubner im Sitzen eine Art militärischer Haltung annehmen. Er sagt: «Jawohl, Herr Direktor ... sofort, Herr Direktor.»

Tolkemitt ist weiß wie die Wand geworden. Sollte dieser Täubner? ... Das wäre eine schreiende Ungerechtigkeit. Nichts als eine große Klappe hat der Kerl ...

Alle sehen auf Täubner, wie er den Hörer zurücklegt auf die Gabel, wie er sich umwendet nach dem Platz an der Tür.

«Fräulein Iken, Sie möchten sich in zehn Minuten bei Herrn Direktor Schwenker melden.»

Tiefe Stille. Fassungsloses Schweigen. Dann schmettert Tolkemitt sein Lineal auf den Tisch. Dann lärmen Apparat vier und sechs eine volle Minute vergeblich.

Nach zehn Minuten erhebt sich Thea Iken. Als sie die Tür hinter sich geschlossen hat, bricht drinnen ein wahrer Tumult aus.

Sie horcht nicht zurück. Ihr ganzer Wille ist nach vorwärts gerichtet. Sie schreitet ohne Zaudern den langen Flur des Hauptgebäudes entlang, an dessen Ende sie Schwenkers Zimmer weiß. Ehe sie anpocht, hält sie inne.

Von drinnen erschallt lautes Schimpfen. Schwenker telefoniert.

Einen Herzschlag lang überkommt sie tiefste Bangigkeit. Wird sie durchhalten können? Ihre Nerven sind nicht mehr die besten. Sie zwingt sich zur Ruhe, klopft an und geht, da sie keine Aufforderung zum Eintritt bekommt, in das Zimmer.

«Was wollen Sie», herrscht Schwenker sie an, «ich habe jetzt keine Zeit. Tür zu. Keine Zeit.»

Sein blasses, überreiztes Gesicht mit den gehetzten Augen ist ihr in rasender Wut zugewandt.

Thea lässt sich nicht irritieren.

«Unsere Unterredung wird nur wenige Minuten in Anspruch nehmen», sagt Thea und geht dem gefürchteten Machthaber mit großer Festigkeit entgegen.

Damit hat sie den Nachweis für ihre Eignung erbracht. Damit beginnt ihre große Karriere, der Dornenweg ihres ungewöhnlichen Aufstiegs.

«Der Dornenweg ihres
ungewöhnlichen Aufstiegs»:
Christa Anita Brücks
Angestelltenromane

**EIN NACHWORT VON
MAGDA BIRKMANN**

«Wer morgens kurz vor 8 Uhr oder abends nach Büro- und Geschäftsschluß durch das Geschäftsviertel einer Großstadt geht, dem begegnet als charakteristischer Eindruck ein Heer von jungen Mädchen und Frauen, die eilig zur Arbeit in die großen Geschäftshäuser streben oder müde von der Arbeit kommen – es sind die Massen der weiblichen Angestellten. Sie geben der Großstadtstraße das beherrschende Bild, sie geben dem Warenhaus, dem Schreibbüro des Betriebes die charakteristische Prägung – mehr noch: sie sind heute eigentlich zum Typus der berufstätigen Frau geworden; die weibliche Angestellte ist die typische erwerbstätige Frau der Masse.» **(Susanne Suhr, Die weiblichen Angestellten, Berlin 1930)**

Auch wenn die Angestellten unter den berufstätigen Frauen der Zwischenkriegszeit insgesamt nur eine Minderheit ausmachten – mit einer Gesamtzahl von annähernd 1,5 Millionen kamen die weiblichen Angestellten im Jahre 1925 auf einen Anteil von 12,5 % aller erwerbstätigen Frauen, bei einer weiblichen Gesamterwerbsquote von 35,6 % –, prägten die kurzberockten, bubikopftragenden «Girls» und «Neuen Frauen», die nicht länger als häusliche Bedienstete, in der Landwirtschaft oder den Fabriken schufteten, sondern als Verkäuferinnen, Stenotypistinnen und Sekretärinnen ihren eigenen Lebensunterhalt bestritten, das öffentliche Bild der Weimarer Republik wie kaum eine andere Bevölkerungsgruppe. Rund ein Drittel der neuen, vor allem in den Großstädten rasant anwachsenden Angestelltenschicht waren Frauen, die als «Prototypen weiblicher Emanzipation» sowohl zum beliebten Thema als auch zu den wichtigsten Adressatinnen der florierenden Werbe- und Unterhaltungsindustrie der Zwanzigerjahre wurden und bis heute als Paradebeispiel für die Modernität des Weimarer Systems betrachtet werden.

Eine jener von Susanne Suhr 1930 in einer Umfrage des Zentralverbandes der Angestellten beschriebenen «typischen erwerbstätigen Frauen» scheint ihrerzeit auch Christa Jaab gewesen zu sein, die am 9. Juni 1899 im niederschlesischen Liegnitz (heute: Legnica, Polen) als Tochter eines Postbeamten zur Welt kam und dort auch das Lyzeum besuchte, ehe es sie nach Berlin verschlug. Dort war sie nach einer kaufmännischen Lehre einige Jahre als Stenotypistin und Sekretärin tätig, bevor sie in den frühen Dreißigerjahren unter dem Namen Christa Anita Brück mehrere Romane veröffentlichte, die jeweils die prekären Lebensumstände und Arbeitsbedingungen weiblicher Angestellter in den Blick nahmen.

Damit befand sie sich in bester Gesellschaft, denn die Schicksale von Kontoristinnen, Ladenmädchen und anderen einfachen Angestellten waren gegen Ende der Weimarer

Republik zum beliebten literarischen Topos geworden – sowohl bei männlichen als auch bei weiblichen Autor*innen. So sah das Jahr 1930 neben Brücks eigenem Romanerstling *Schicksale hinter Schreibmaschinen* unter anderem die Veröffentlichung von Rudolf Braunes thematisch nah verwandtem Roman *Das Mädchen an der Orga Privat*, 1931 folgten Irmgard Keuns aufsehenerregendes Debüt *Gilgi – eine von uns* sowie Marieluise Fleißers einziger Roman *Mehlreisende Frieda Geier* (1972 unter dem Titel *Eine Zierde für den Verein* in von der Autorin überarbeiteter Fassung neu erschienen), und 1932 erschienen neben Brücks zweitem Roman *Ein Mädchen mit Prokura* u. a. auch Hans Falladas *Kleiner Mann – was nun?*, Martin Kessels *Herrn Brechers Fiasko* und Keuns *Das kunstseidene Mädchen*. Siegfried Kracauer lobt im selben Jahr in der Zeitschrift *Der Querschnitt* den Zuwachs an «aufklärende[r] Literatur, die zum Unterschied von der üblichen Belletristik und den irreführenden Filmen den angestellten Frauen (und Männern) ihre wirkliche Situation bewußt zu machen sucht».

Korrigiert wurde in jenen aufklärerischen Romanen das in zahlreichen populären Unterhaltungsfilmen und Trivialromanen der Zwanzigerjahre propagierte Bild der adretten, frechen, stets vergnügten jungen Ladenmädchen, Stenotypistinnen oder Privatsekretärinnen, die nach einigen mehr oder weniger harmlosen Verwirrungen und Missverständnissen am Arbeitsplatz schließlich das Herz ihres Chefs eroberten, mit ihm in den sicheren Hafen der Ehe einliefen und das Geschäftsleben zugunsten einer strahlenden Zukunft als zufriedene Hausfrau und Mutter aufgaben – weibliche Berufstätigkeit also nicht als Zeichen der Emanzipation und Selbstverwirklichung, sondern lediglich als ungeliebte, aber unvermeidliche Zwischenstation auf dem Weg zum Familienglück.

Dass die Realität für viele angestellte Frauen zwischen geschlechts- und altersbedingter Lohndiskriminierung, betrieblichen Rationalisierungsmaßnahmen, körperlich wie nervlich zerrüttender Schreibmaschinenarbeit sowie sexueller Belästigung durch männliche Kollegen und Vorgesetzte meistens ganz anders aussah, stellt Christa Anita Brück in ihrem 1930 erschienenen, wohl autobiografisch gefärbten ersten Roman *Schicksale hinter Schreibmaschinen* eindrücklich dar. Die Ich-Erzählerin, Fräulein Brückner, ist eine gebildete Offizierstochter aus gutem Hause, die jedoch nach dem Tod ihrer Eltern als Schreibkraft ihren eigenen Lebensunterhalt verdienen muss. Der Roman folgt ihr von Stelle zu Stelle, keine davon wird inhaltlich ihrem Potenzial gerecht, überall hat sie mit Ausbeutung, Überarbeitung, mangelnder Solidarität unter den Kolleg:innen und vor allem immer und immer wieder mit sexuellen Übergriffen durch ihre Vorgesetzten zu kämpfen. Am Ende sind ihre Nerven vom täglichen beruflichen Überlebenskampf so zerrüttet, dass sie sich nach einer Kündigung zur Erholung mehrere Wochen aufs Land flüchten muss, wo sie – wenn auch nicht völlig ohne Zuversicht – einer ungewissen Zukunft entgegenblickt. Es ist naheliegend, dass Brück mit diesem Roman ihre eigenen bitteren Erfahrungen mit sexueller Diskriminierung am Arbeitsplatz verarbeitet hat, Siegfried Kracauer nennt ihn einen «treffliche[n] Beitrag zur Bestandsaufnahme der Angestelltenwelt», durch den die «Inventarisierung des Angestelltendaseins […] nicht unwesentlich gefördert worden» sei, auch wenn sich seiner Meinung nach daraus keine «Folgerungen auf die Gesamtsituation dieser Schicht oder gar auf das Gesellschaftssystem, dem sie entwächst», ziehen lassen. Wesentlich harscher ist Kurt Tucholsky in seinem Verriss in der *Weltbühne* vom Dezember 1930: «Die Frau Brück hat der liebe Gott leider nicht gesegnet. Diese Angestelltengeschichte ist ein Schmarrn. Aber es ist gut, die Nase in so etwas hineinzustecken – man lernt viel. Nicht, was die Verfasserin uns lehren will; das ist dummes Zeug. […] Unbrauchbar, das Buch.» Auch der *Verband der weiblichen Handels- und Büroangestellten* war wenig erfreut über die ungeschminkte Darstellung der Bürorealität im Roman. Trotz dieser Kritiken und seines wenig erbaulichen Inhalts war das Buch bei den zeitgenössischen Leser:innen aber durchaus erfolgreich, es erfuhr mehrere Auflagen und wurde unter anderem ins Lettische und Französische übersetzt.

Auch Brücks nächster Roman *Ein Mädchen mit Prokura*, erschienen 1932, stellt eine ambitionierte weibliche Angestellte in den Mittelpunkt. Bereits zu Beginn des Romans, der während der deutschen Bankenkrise 1931 spielt und die

Ängste und Sorgen der verschiedenen vom Stellenverlust bedrohten Bankangestellten auf überzeugende Weise sichtbar macht, zeigt sich deutlich, dass Thea Iken aus anderem Holz geschnitzt ist als ihre Berufsgenossinnen, die einfachen Büromädchen wie Fräulein Prill, die «zu Dutzenden in den Berliner Büros [sitzen], bisschen zurechtgemacht, bisschen auf Blond gefärbt, nette Beine, soviel er sehen kann, und weiter nichts». Thea hat von Anfang an höhere Ambitionen, als bei stumpfer Schreibmaschinenarbeit zu versauern, durch ihr selbstbewusstes Auftreten – «Nein, eine Handelsschule habe sie nicht absolviert. Ob es ihm mehr auf technisches Können ankäme oder auf wirkliche Mitarbeit?» – vermag sie den Bankier Brüggemann zu überzeugen, sie trotz mangelnder Ausbildung einzustellen, und schafft es in der Folge durch ihre «verschwiegene leidenschaftliche Zähigkeit» schnell, «sich unentbehrlich zu machen, ohne aufdringlich zu wirken». Als Prokuristin steigt sie schließlich in die höchstmögliche Position innerhalb der Belegschaft auf, ein für die damaligen Verhältnisse äußerst ungewöhnliches Ereignis, das von den männlichen Kollegen mit Unverständnis, Misstrauen und Neid aufgenommen wird:

> *«Oh, er hasst dieses Weib. Er hasst sie mit der ganzen Wut seines unbefriedigten Ehrgeizes. Er wäre Prokurist hier, wenn sie es nicht geworden wäre. [...] Er hatte sich tausendmal gesagt, dass ein weiblicher Prokurist eine Unmöglichkeit wäre im Bankgewerbe. Er hatte sehr*

wohl auch Brüggemanns Widerstand gegen Thea Ikens Ehrgeiz bemerkt. Weiß der Himmel, mit welchen Mitteln die ihn schließlich dennoch rumgekriegt hat.»

Der Verdacht einer unlauteren Beziehung zu ihrem Chef steht auch im weiteren Handlungsverlauf immer wieder im Raum, doch «was sich zwischen ihr und Brüggemann ergab, blieb eine Art behutsamer Freundschaft [...]. Die Grenze zwischen Arbeitgeber und Angestellter wurden niemals überschritten.» Eine Tatsache, die für Angestelltenverhältnisse damaliger Zeit nicht selbstverständlich war, wie nicht nur die in Brücks *Schicksale hinter Schreibmaschinen* geschilderten Ereignisse, sondern auch zeitgenössische empirische Studien wie beispielsweise die Dissertation von Stefanie Herz *Zur Typologie der kaufmännischen weiblichen Angestellten* aus dem Jahr 1931 bestätigen:

«Jüngere Kräfte werden aber nicht nur wegen des niedrigeren Gehalts engagiert. Die durch das geringe Einkommen bewirkte wirtschaftliche Abhängigkeit dient den Unternehmern und Chefs sehr oft dazu, sich gerade jüngere Angestellte in sexueller Beziehung gefügig zu machen. Hierbei wird das Handeln der Angestellten mitbestimmt durch einen ihr etwa erwachsenen Verlust der Stelle, wenn sie auf diese Forderung nicht eingeht.»

Während Thea Iken solch eine sexuelle Ausbeutung vonseiten ihres Arbeitgebers erspart bleibt, ist es in ihrem Fall die emotionale Ausbeutung, sowohl durch Brüggemann als auch durch dessen Sohn Joachim, die sie an den Rand des völligen Zusammenbruchs – und schließlich sogar auf die Anklagebank des Gerichtssaals – treibt. Für beide Männer nimmt sie eine Vertrauensposition ein, die über die normalen Anforderungen an eine Privatsekretärin deutlich hinausgeht, sie füllt die Lücke, die Brüggemanns verstorbene Ehefrau und Joachims Mutter in deren Leben hinterlassen hat. Sie opfert Vater und Sohn nicht nur all ihre Energie, ihre Freizeit und damit jegliche Chance auf privates Glück, sondern auch ihren guten Ruf und schließlich sogar fast ihre eigene Freiheit. Sie ist bereit, die Rolle der Prokuristin bis zur letzten Konsequenz zu Ende auszuführen, indem sie ihren Vorgesetzten nicht nur in allen geschäftlichen Angelegenheiten vertritt, sondern sogar willens ist, stellvertretend für dessen Sohn Joachim den Mordverdacht auf sich zu nehmen – auf die Gefahr hin, am Ende selbst zu Unrecht verurteilt zu werden. Dieser letzte Akt der heroischen Selbstaufopferung bleibt ihr dank der Bemühungen ihres Anwalts schließlich doch erspart, und nachdem der wahre Mörder gefunden und sie freigesprochen ist, beginnt ein neuer Karriereabschnitt für Thea in einer neuen, unpersönlicheren Großbank. Es wird kein leichter Weg für sie werden, denn «der Weg der tüchtigen Frau ist immer der gleiche: Er führt über Feindschaft, Befremden, Misstrauen und Neid zu tragischer Isoliertheit», doch Thea Iken hat ihre Lektion gelernt: sie wird sich von keiner erneuten Überidentifikation mit ihrem Chef, durch keine Intrigen ihrer Kolleg*innen mehr von ihrem Ziel abbringen lassen, denn «nicht darum geht es, [...] ob man hinter ihrem Rücken witzelt, halblaute Bemerkungen macht, ihr die Arbeit erschwert. Es kommt einzig und allein darauf an, dass sie sich bewährt, dass sie sich durchsetzt in ihrer Arbeit, dass sie die Chance nutzt, die ganz ungewöhnliche Chance, die man bisher in keiner Großbank einer Frau geboten hat.» Der Roman entlässt seine Leser:innen mit der Gewissheit, dass Thea Iken allen Widrigkeiten zum Trotz auch der nächste Karrieresprung gelingen wird, und hebt sich mit diesem beinahe schon utopischen Ausblick deutlich von anderen zeitgenössischen Romanen über berufstätige Frauen – auch von Brücks eigenen – ab.

Christa Anita Brücks eigene Schriftstellerinnenkarriere verlief selbst nicht immer ohne Probleme. Nach der Machtergreifung der NSDAP geriet die Autorin kurzzeitig ins Visier der Nationalsozialisten, *Schicksale hinter Schreibmaschinen* wurde als der sogenannten «Asphaltliteratur» zugehörig eingestuft, auf die «Schwarze Liste der schädlichen und unerwünschten Literatur» gesetzt und fiel den Bücherverbrennungen von 1933 zum Opfer. Ein allgemeines Publikationsverbot wurde Brück jedoch nicht auferlegt. Ihr Beitritt in die Reichsschrifttumskammer (der für alle Autor:innen, die weiterhin Bücher veröffentlichen wollten, verpflichtend war) wurde genehmigt, und noch im selben Jahr konnte ihr dritter Roman *Der Richter von Memel* erscheinen, der im Gegensatz zu ihren beiden in der Weimarer Republik erschienenen Romanen deutlich völkisch-nationalistische Züge aufweist und, trotz oberflächlich ähnlicher Themen, einige der Kernaussagen der früheren Bücher geradezu in deren Gegenteil verkehrt. Im Mittelpunkt der Handlung steht eine unverheiratete Journalistin, die für eine Reportage über den Kampf der Deutschen gegen die Litauer nach Memel (heute: Klaipėda, Litauen) reist und dort einen alten Verehrer wieder trifft, der inzwischen als Richter und deutschnationaler Politiker tätig ist. Es entspinnt sich eine verworrene Dreiecksgeschichte, die in einem Mord gipfelt und in deren Verlauf deutlich wird, dass die Journalistin durch ihre einstige Ablehnung einer Heirat mit dem Richter jegliche Chance auf ein sinnvolles, glückliches Leben verspielt hat. Ob diese veränderte Einstellung zu weiblichen Lebensentwürfen jenseits der Ehe lediglich der kalkulierte Versuch einer erfolgreichen Schriftstellerin war, sich mit ihrem Werk den neuen ideologischen Voraussetzungen der nationalsozialistischen Literaturlandschaft anzupassen, oder ob Christa Anita Brück in der Frage nach weiblicher Selbstverwirklichung tatsächlich einen Sinneswandel durchgemacht hatte, bleibt offen. Brücks eigener weiterer Lebens- und Berufsweg allerdings liefert Indizien dafür, dass Letzteres der Fall gewesen sein könnte.

Dass Brück trotz des Verbots ihres ersten Romans die ideologische Anbiederung an die neuen Machthaber geglückt ist, zeigt auch die Tatsache, dass *Ein Mädchen mit Prokura* 1934 vom Regisseur Arzén von Cserépy verfilmt werden durfte – mit dem später durch nationalsozialistische Propagandafilme wie *Jud Süß* zu zweifelhaftem Ruhm gelangten Schauspieler und Regisseur Veit Harlan in der Rolle des Mörders Schwartzkopf. Allerdings weicht diese Verfilmung in einigen entscheidenden Punkten von Brücks Romanvorlage ab, die sie vor allem im Hinblick auf die Rolle der (emanzipierten) Frau in größeren Einklang mit der nationalsozialistischen Ideologie bringen. Diesen Änderungen fällt u. a. die wohl am eindeutigsten als feministisch zu kategorisierende Figur des Romans, die im Strafprozess gegen Thea Iken als Zeugin geladene junge Studentin Brigitte Neubert, zum Opfer.

Im Roman wird diese Figur auf eine Art charakterisiert, die Assoziationen mit der gleichnamigen Hauptfigur von Irmgard Keuns seinerzeit in der Öffentlichkeit breit diskutiertem und von den Nazis schließlich verbotenem Roman *Gilgi – eine von uns* weckt:

> «*Sie ist der Typ der neuen, sich bildenden Generation, die harte Lebensbedingungen nicht schrecken, weil sie nichts anderes kennt. Brigitte, man spürt es an ihrem unbekümmerten Schreiten, gehört zu jener Gattung großfühlender Jugend, die nicht um die Zukunft bangt und zagt, sondern frisch draufloskämpft für den schma-*

len Raum, den man heute, nur grade heute braucht, um bestehen zu können. Das Morgen wird sich von selbst ergeben, wenn man nur geradeaus geht, den Kopf klar, das Herz kühl behält. Es ist etwas herrlich Draufgängerisches um die junge Studentin.»

Brück lässt diese emanzipierte junge Frau in einem kämpferischen Monolog eine deutliche Kritik an der Diskriminierung und Ausbeutung weiblicher Angestellter formulieren. Sie thematisiert «die Minderbesoldung der Frauen, ihr mangelndes Ansehen im geschäftlichen Leben, die Schwierigkeit ihres Aufstiegs in leitende Stellungen» und vor allem den «Raubbau an ihrer Freiheit, ihrem Frauentum, ihrem Recht auf Lebensfreude und Lebenserfüllung»; der Beruf der Bankangestellten sei einer, «der den Aufstieg der Frau unterdrückt wie kaum ein zweiter», in dem Thea Iken sich dennoch eine Stellung erarbeitet und ein Können erworben habe, die ihr, «wäre sie ein Mann, wahrscheinlich das Gehalt und den Titel eines leitenden Direktors eingebracht hätte[n]». Brigitte Neuberts abschließendes Urteil ist mit Blick auf die heutige Arbeitssituation sicher kaum weniger relevant als im Jahr 1932:

«Es ist Raubbau in meinen Augen, wenn ein Arbeitgeber das Leben seiner Angestellten buchstäblich auffrisst, wenn er sie von morgens früh bis abends spät hinter den Schreibtisch klemmt, wenn er ihnen die Möglichkeit

nimmt, neben dem beruflichen Leben auch noch ein, wenn auch nur kleines, Privatleben zu führen. Wo neben dem Bürodasein ein privates nicht existiert, da verlieren beide, Arbeit und Leben, ihren höheren Sinn, denn es ist der Sinn der Arbeit, uns das Leben zu erschließen, und nicht, es uns zu sperren.»

Im Film hingegen taucht die Figur der Brigitte gar nicht erst auf, stattdessen wird ein inhaltlich deutlich abgeschwächter Teil ihrer Aussage der Figur des naiven Fräulein Prill, Schreibkraft in der Bank, in den Mund gelegt und sowohl durch die aufgeregte Art des Vortrags als auch durch die amüsiert-herablassende Reaktion des Richters Paschen und der übrigen im Gerichtssaal anwesenden Männer sogleich der Lächerlichkeit preisgegeben.

Die Einführung einer romantischen Nebenhandlung tut ihr Übriges, den Zuschauerinnen zu suggerieren, dass ein Dasein als Ehefrau und Mutter grundsätzlich dem Karrierekampf einer berufstätigen Frau vorzuziehen sei. Für den Film wurde nämlich nicht nur der Altersunterschied zwischen Thea Iken und Joachim Brüggemann deutlich verringert (die Darsteller*innen Gerda Maurus und Rolf von Goth waren zum Drehzeitpunkt etwa 31 und etwa 28 Jahre alt), sondern Joachim auch vom Sohn des Bankdirektors kurzerhand zu dessen Neffen gemacht. Während Thea Iken im Roman die implizierte sexuelle Begegnung mit dem wesentlich jüngeren Joachim, für den sie eher mütterliche als romantische Gefühle zu empfinden scheint, als «Opferung» ihrerseits bezeichnet, deutet der Film eine tatsächliche Liebesbeziehung zwischen den beiden an. Den Epilog des Romans, in dem Thea eine neue Stellung findet und sich voller Ehrgeiz, aber auch einsam und sozial isoliert, die Karriereleiter weiter hocharbeitet, lässt der Film dann einfach weg. Stattdessen endet die Geschichte in dieser Fassung mit dem Bild einer erleichterten Thea, die nach ihrem Freispruch und Schwartzkopfs Geständnis glücklich lächelnd und Hand in Hand mit Joachim den Gerichtssaal verlässt – die Vermutung, dass ihr weiterer Lebensweg sie eher in eine Ehe mit Joachim als in eine neue berufliche Karriere führen wird, liegt nahe.

In dieser Hinsicht weist die Filmfigur Thea Iken eine gewisse Ähnlichkeit mit Christa Anita Brück selbst auf. Im selben Jahr, in dem der Film erschien, heiratete diese nämlich den Bankdirektor Günter Ladisch, nach der Geburt einer Tochter scheint sie die Schriftstellerei größtenteils aufgegeben zu haben. Sie verließ Berlin und zog, über Zwischenstationen in Karlsruhe und Saarbrücken, schließlich nach Frankfurt am Main, wo Günter Ladisch Filialleiter der als «Hausbank der SS» geltenden Dresdner Bank war – nach dem Krieg erhielt Ladisch ein zweijähriges Beschäftigungsverbot in der amerikanischen Besatzungszone, bevor er schließlich als «Mitläufer» eingestuft und in die Filialleitung zurückgeholt wurde.

Ein letzter Roman von Christa Anita Brück erschien 1941 zunächst unter dem Titel *Fräulein, bitte schreiben Sie!* in Fortsetzungen in dem Magazin *Die Koralle* und wurde kurz darauf unter dem Titel *Die Lawine* auch als Buch veröffentlicht. Er greift, wie bereits Brücks erste beiden Romane, die schwierigen Rahmenbedingungen weiblicher Berufstätigkeit auf, diesmal jedoch lässt die Autorin ihre Heldin die genau gegensätzliche Entscheidung zu denen ihrer früheren Protagonistinnen treffen. Während Fräulein Brückner und Thea Iken sich in einer ähnlichen Ausgangssituation – die Heldin der *Lawine* hat mit Erniedrigungen, Ausbeutung, sexuellen Belästigungen und sogar Erpressung am Arbeitsplatz zu kämpfen – für die «Karriere» entschieden haben, endet Brücks letzter Roman damit, dass die Protagonistin ihre Berufstätigkeit zugunsten einer Ehe mit ihrer Jugendliebe, einem reichen Gutsbesitzersohn, aufgibt, um fortan – ganz im Sinne der inzwischen vorherrschenden NS-Ideologie – ein Leben als Bäuerin und Mutter fernab der Großstadt zu führen.

Weitere Veröffentlichungen von Brück nach 1941 sind nicht bekannt. Ihr Lebensweg nach dem Krieg lässt sich lediglich geografisch zurückverfolgen, 1952 zog sie nach Düsseldorf, 1955 nach Bad Homburg und schließlich nach Königstein im Taunus, wo sie am 22. Februar 1958 – als Schriftstellerin längst vergessen – starb. Auch wenn nicht alle ihrer Werke einer modernen Relektüre standhalten – die Anpassung an ein rückschrittliches nationalsozialistisches Frauenbild und die nationalistisch-propagandistischen Töne in ihren beiden späteren Romanen erschweren natürlich eine vollständige literarische Rehabilitierung der Autorin –, zumindest *Ein Mädchen mit Prokura* mit seinem einfühlsamen Porträt der Sorgen und Ängste einfacher Angestellter während der Bankenkrise und seinem ungeschönten Blick auf das altbekannte Problem der Vereinbarkeit, das sich auch über 90 Jahre nach Thea Ikens «Dornenweg ihres ungewöhnlichen Aufstiegs» noch immer viel zu vielen berufstätigen Frauen stellt, ist es unbedingt wert, neu gelesen und diskutiert zu werden.

rororo
Entdeckungen

Christa Anita Brück, Ein Mädchen mit Prokura
Mary Renault, Freundliche junge Damen
Louise Meriwether, Eine Tochter Harlems

Die Rowohlt Verlage haben sich zu einer nachhaltigen
Buchproduktion verpflichtet. Gemeinsam mit unseren
Partnern und Lieferanten setzen wir uns für eine klimaneu-
trale Buchproduktion ein, die den Erwerb von Klimazerti-
fikaten zur Kompensation des CO_2-Ausstoßes einschließt.
www.klimaneutralerverlag.de